奇異的星星

STRANGE STAR

EMMA CARROLL

愛瑪・卡蘿——著　林亭萱——譯

噢，你這奇異之星！在我誕生之時升起……

——〈選擇〉（一八二三），瑪麗·雪萊。

目次

奇異的星星

第一部

嚇破膽的故事

瑞士日內瓦湖畔，一八一六年六月

致：
波西·雪萊
瑪麗·雪萊
克萊爾·克萊蒙德
約翰·波里多利

來自拜倫勳爵的
誠摯邀請

在帝歐達地別墅
六月十八日星期二八點
晚宴的要求是：
說一則讓其他與會者
嚇破膽的鬼故事

1

送邀請函是菲力斯的工作。連續幾週陰雨的天氣後，他很高興能在如此陽光明媚的早晨，到外頭動一動雙腿。他的目的地不遠，穿越蘋果園後再走一小段路，就能到雪萊夫妻的別墅。不到二十分鐘，他就能回帝歐達地別墅交差了事。

這可不是一般的差事或普通的邀請函，即便菲力斯知道僕人的職責是遞送信件，而非閱讀它們，他仍忍不住直盯著手上的卡片。拜倫勳爵的字跡未乾，讀起來像是封戰帖而非邀情函，菲力斯興奮不已。

今晚將會精采無比。

一穿越果園，菲力斯衝上陡峭的階梯到雪萊家大門前。他的主人拜倫勳爵在先前住上大半年的倫敦，結識了雪萊夫妻和克萊蒙德小姐。他們和拜倫一樣都是作家，也是自由思想家——至少雪萊夫妻是如此。雪萊先生是位又高又瘦削的詩人，相對嬌小、文靜的雪萊夫人則有菲力斯見過最銳利的眼神；而克萊蒙德小姐是雪萊夫人異父異母的妹妹[1]，她善變的脾氣愛哭又愛笑。如同拜倫，這一小群人到瑞士避暑、呼吸山上的空氣。他們各自深具魅力，但聚在一起所激盪的火花更令人著迷。

菲力斯站在階梯的頂端，發現雪萊家窗外的木百葉窗仍緊閉。現在起床對他們來說還太早，昨天他們在帝歐達地別墅待至深夜，淨談些怪力亂神的話題。他們提到對屍體進行實驗，包括讓死透的青蛙抽動，彷彿牠還有生命。為了能在會客室多聽些談話，菲力斯只好盡可能慢手慢腳地修燭芯、倒咖啡。

所以，當他「嗒嗒嗒」的敲響大門時，他不期待任何回應；只有敲門聲在空蕩蕩的走廊回響著。拜倫勳爵說雪萊一家人不在乎禮節，若真是如此，菲力斯希望他們不會介意邀請函被塞進門縫，而不是妥當的交給他們的僕人。

當菲力斯轉身離去，他瞥見有塊玻璃上反射著陽光。原來，不是所有的木百葉窗都緊閉。某個人正從房屋頂端的一扇小窗裡注視他。菲力斯用手遮擋光線好看個清楚，向下瞧的那人是名孩子——一個約莫十歲、留有一頭淡金色鬈髮的女孩。有傳言說，大概是莫里茲太太說的，雪萊夫妻在旅途中收養了一名女孩。

菲力斯笑著揮揮他的手，用唇形說：「哈囉！」

女孩沒有回應他的笑容，只是睜著如湯盤大的雙眼注視他，遲疑、緩慢的擺了擺手。

在帝歐達地別墅，管家莫里茲太太正站在廚房的階梯上。一看到雙手插在寬厚腰間的她，菲力斯頓時心一沉，因為他知道她正在等他。自從拜倫勳爵早餐時宣布了今晚聚會的計畫，她便忙得昏頭轉向，而一如往常的，菲力斯必須忍受她的急躁。

「你動作太慢了。」她說。

莫里茲太太喜歡她的家務如瑞士鐘錶般，運作得既順暢又準確，每個人都謹守崗位，認分工作。就連帝歐達地別墅的外頭，也散發著紀律嚴謹的氛圍。這是棟宏偉、方正的大宅邸，有掛著百葉窗的窗戶和植滿柏樹的花園小丘。若有一棟房子在崎嶇地勢上還能蓋得穩固，那麼帝歐達地別墅就是這樣，穩穩的坐落在日內瓦湖畔的緩坡上，緊鄰著隔壁村。讓菲力斯略微吃驚的是，以狂野不羈聞名的拜倫勳爵竟在如此井然有序的房子避暑。不過菲立斯很快就會知道，他是個變化多端的男人。

「別再渾水摸魚了。」莫里茲太太說：「我們得把木柴搬進來好生火。動作快，我的男

1 兩人的生父母均不同，僅在法律上有家人關係。

孩。」

菲力斯抿緊雙唇點點頭。他可不是她的男孩，更不是其他人的。以人的膚色決定階級的日子正快速消失——拜倫勳爵是這麼說的。他的主人還告訴他，英國紳士流行聘用一名黑人侍從，而且侍從是個好工作，有稱頭的制服、優渥的酬勞和打進上流社會的絕佳機會。

這些都不是菲力斯以前能想得到的事。莫里茲太太在日內瓦市集雇用他時，他神情恍惚的待在一堆風乾臘腸和醃漬蔬菜裡，當時他已花了好多個月、橫越數千哩從美國搭到法國海岸，等船在加萊靠岸後，他便搭上遇見的第一部運貨馬車前往南方。他從沒打算落腳在如此寒冷的地方，而且莫里茲太太提出的工作機會可不是出於善心。的確，他又瘦又髒且急需工作，但更騙不了人的是，她那挑便宜貨的老到眼光，畢竟這兒可沒什麼人會願意付黑人僕役多少錢。

之後，拜倫勳爵在夏天時來到這裡，並帶了他的醫生約翰．波里多利隨行，雪萊夫妻和克萊蒙德小姐則隨後租下隔壁的別墅。菲力斯從沒遇過像他們這般的人，自從他們打開了他的眼界，讓他看見世界充滿可能性後，他便開始期待更好的生活。他最希望秋天時，他的主人能帶他回倫敦當侍從。因此，他在今年夏天設定了目標，要證明自己足以勝任侍從的職位。

菲力斯帶著裝滿木柴的籃子走回別墅。當他爬上廚房階梯時，突然感到左手肘下方的傷疤一陣刺痛。傷疤的形狀像個歪七扭八的字母S，他通常都用衣袖遮掩以避免詢問。他不是逃離美國，而是以自由人的身分乘船到歐洲，他很努力才爭取到這份自由。

然而這股刺痛感讓他半途停下腳步，他抬頭對天空眨眨眼。疼成這樣代表有暴風雨快來了，雖然早上至今的天氣還很晴朗，就連高掛頭頂數月的彗星也正快速消失，它看起來比一抹輕煙還模糊。不過，西邊的天空有片烏雲正在成形，空氣中也已瀰漫雨的氣息。菲力斯興奮的抖抖肩，多了暴風雨當聚會的背景，他無法想像今晚的鬼故事將多麼嚇人！

廚房裡，莫里茲太太的女兒阿嘉莎在桌旁削著馬鈴薯，她低著頭，假裝沒注意到菲力斯。菲力斯只能看見，她晃著一頭盤成粗辮子並固定在兩邊耳後的棕髮，卻仍感覺到她的眼光不斷瞄向他。

「媽，你要告訴他嗎？還是我說？」她朝站在爐邊的莫里茲太太喊。

「告訴我什麼？」菲力斯停下腳步，將裝木柴的籃子歇在一側的肩上。

阿嘉莎抬起頭。菲力斯來回看著她油亮的圓臉，和莫里茲太太脹紅的臉頰。

莫里茲太太在圍裙上抹了抹手，到桌旁加入她的女兒。「為了今晚拜倫勳爵的聚會，我們各方面都得格外費心，要準備晚餐給勳爵和他的……」她露出不以為然的表情，「朋友們。」

菲力斯熱切的點頭。「是的，他們要說鬼故事。如果你允許的話，我願意服侍他們用餐……」

「不，媽媽。」阿嘉莎插嘴：「你答應是我來做！」

菲力斯倒抽一大口氣，他知道這是為什麼。就像他一樣，阿嘉莎深受勳爵的朋友吸引。克萊蒙德小姐大笑起來像水手般豪放；雪萊先生看起來蒼白如鬼，卻充滿好點子；即便是陰沉的波里多利醫生都散發有趣、奇特的氣息。但最吸引他的是雪萊夫人，她看起來非常嚴肅、安靜，但一旦開口說話，毫無疑問是他們之中最聰明的。還有他們的坐姿，一點也不端正、有禮，而是全身攤軟在椅子上。菲力斯想盡可能感受這些人，而他知道阿嘉莎也想。

但是莫里茲太太才不會不顧親生骨肉，選擇他去服侍用餐。他連一丁點機會都沒有。生命真不公平。

這一切都不公平，他媽媽在美國甘蔗田裡替一位白人工作：白人在媽媽剛生下的小寶寶手臂上烙下字母S的燒痕，以示他擁有他們兩人。

菲力斯將籃子換到另一側肩膀背著，快步爬上階梯，但還是沒躲過莫里茲太太的冷言冷語。「別賭氣了，親愛的阿嘉莎。當然會是你去服侍今晚的用餐。拜倫勳爵可不希望客人沒被鬼故事嚇著，反倒被僕人嚇死。」

菲力斯緊咬著牙，這種冷嘲熱諷他太了解了。

暴風雨在傍晚時襲來，天色隨之轉暗，對六月來說，天黑得實在太早了。還不到六點，每個房間都已燒起熊熊爐火，別墅前端的宴客廳打理得格外整齊，今晚的鬼故事大會將在這裡舉行。偌大的宴客廳有華麗的天花板、光滑的木地板，和能俯瞰整座湖的四扇大窗戶。只不過現在很難看見外頭的景致，大雨讓玻璃窗一片霧濛濛。

至少爐火看來相當舒適。菲力斯一想到客人圍著爐火聽故事的畫面，興奮的心情反而變得折磨人，甚至讓他沮喪。今晚在這棟房子將發生了不得的大事，他卻被排除在外，只能在地下室裡落寞的度過。

他正要走回廚房時，大門口突然傳來沉重的敲門聲，將他從沮喪的思緒中拉回現實。

「嘿！在我們冷死前，快放我們進去！」

「門是不是沒鎖啊？」某人說著，一邊咯咯竊笑，「我們不能自己開門進去嗎？」

菲力斯的心跳漏了一拍，客人提早到了，而且還提早整整兩個小時！這完全打亂了莫里茲太太的計畫，身為僕人菲力斯的他也應該驚惶失措，但雪萊夫婦毫不理會時間和行程的作風，讓他忍不住咧嘴偷笑。他匆匆整平褲子，拉好外套，快步走向大門。一打開門，迎接他的是一陣隆隆雷聲和滂沱大雨，讓他什麼都看不清。

「天啊！這什麼鬼天氣！」克萊蒙德小姐抱怨，急著擠進門內。後頭緊跟著雪萊夫婦，他們在一頂舊斗篷下一起躲雨。雖然只從隔壁棟走一小段路來，他們的衣服和頭髮卻已溼透，雪萊夫人走路時，靴子還噗嗤作響。

「我相信你已經生好爐火等我們了。」雪萊先生說，一邊把滴著水的斗篷遞給菲力斯。

「是的，先生。」他今天搬了許多木柴進屋，多得足夠讓他們燒到冬天來臨。他拿著斗篷和克萊蒙德小姐的披肩，關上大門。他注意到，今早在窗邊看見的那位淡金色頭髮的女孩沒跟著他們。不過，恐怖故事本來就不適合小孩。

「請您們跟著我走。」菲力斯說。

這些客人即使蒙著眼，也知道怎麼走到宴客廳，他們才不需要一位穿著體面的僕人帶路。但就像傳言說的，勳爵對某些事特別講究，所以菲力斯仍盡責的帶著客人走過廊道。他感覺到身後的克萊蒙德小姐迫不及待想衝到前頭，她喜歡跳進房間給勳爵驚喜，但他很少領情。

一彎過轉角，他便撞見了莫里茲太太。

「噢，菲力斯！幹嘛急急忙忙的？」她說。

一瞧見在他後頭的客人，她緊皺的眉頭變成燦爛的笑容。

「歡迎雪萊先生、夫人和克萊蒙德小姐。」她說：「拜倫勳爵和波里多利醫生已在宴客廳等候您們。請跟著我。」她接著對菲力斯低聲說：「告訴阿嘉莎，她要隨時待命。」

他在廚房裡找到阿嘉莎，她正照著鏡子撥弄頭髮。

「你得到樓上幫忙了。」菲力斯說，一想到他比阿嘉莎更辛勤工作，卻沒被選上要服侍晚餐，心裡便忿忿不平。

阿嘉莎不耐煩的抬起頭。當她發現菲力斯在爐子前方，掛了雪萊夫婦的斗篷和克萊蒙德小姐的披巾要烘乾時，便趕緊起身，把鏡子收進圍裙口袋。

「難道他們已經到了？」

「他們提早來了。我剛說過，你得去幫忙。」

「可是我還沒準備好晚餐。」她慌張的拍手嚷嚷，「我看起來怎麼樣？夠整齊嗎？」

不同以往，阿嘉莎的頭髮沒有紮成辮子，反而披頭散髮的凌亂翹起。她的圍裙被番茄醬濺得四處都是。雖然菲力斯生氣自己被欺負，還是忍不住竊笑。如果今天會有人嚇死客人的話……

「別偷笑，快告訴我！」她凶巴巴的說。

他只好告訴她，圍裙得換了。她從櫥櫃裡快速抓了一條新圍裙，匆匆跑上樓梯時，正好碰上下樓找她的莫里茲太太。

當阿嘉莎再度出現的時候，晚餐已經備妥。莫里茲太太把碗盤洗淨、餐具擦亮，但剁菜、備料都由菲力斯負責，他忙得團團轉毫無食欲。他不得不承認，晚餐看起來可口極了。有質地柔軟的黃色瑞士奶酪、略帶酸味的綿羊奶酪，以及一碗碗油滋滋的小蘿蔔、醃堅果朝鮮薊。如果能再來盤水果就太完美了。但寒冷的天氣使得農作物到現在都還沒成熟，就連麵包，他們也只能買到口感粗糙的黑麵包。不過，至少所有食物都很新鮮。

「你可沒忘記雪萊先生不吃肉。」管家太太點頭說道。這是菲力斯能聽到最接近讚美的話。

「阿嘉莎，他們開始說鬼故事了嗎？」等莫里茲太太檢查完他的工作，菲力斯連忙問。

她搗嘴打了個哈欠。「還沒，現在挺無聊的。他們剛在聊天氣，某個地方下起了紅色的雪。」

「紅色的雪？」對菲力斯來說，這聽起來一點都不無聊，一刻都不。

「是彗星導致天氣異常。」莫里茲太太越過她的肩膀說：「彗星是個壞兆頭，從前就是，以後也會是。」

可是那不足以解釋，為什麼到現在還狂風暴雨，還寒冷不已，即使彗星差不多快消失了。

時間越來越晚。外頭，大雨狠狠的敲打窗戶，雷聲在山谷中隆隆回響。櫥櫃上頭的時鐘剛過十點，莫里茲太太在爐邊的椅子上打盹。一旁的菲力斯坐在板凳上，忙著擦亮主人的皮鞋，但他的心早已飛走了，滿腦子只想著樓上發生的事。

彷彿是要回答他的好奇心似的，廚房的門被猛然推開，阿嘉莎飛奔下樓梯，喀噠喀噠的靴子聲瞬間驚醒了莫里茲太太。

「孩子，到底發生什麼事？」她喘著氣說。

阿嘉莎扶著桌子站穩腳步，臉上毫無血色。

「我今晚絕對不要再上樓了，所以不要問我。」她的聲音顫抖，聽起來一點都不像阿嘉莎。

「怎麼了？」菲力斯問，感到一股毛骨悚然的快意爬上他的脊梁。

「雪萊先生剛說了最可怕的故事……」阿嘉莎開始啜泣，「是關於一個死人的頭活過來。」

原來已經開始說鬼故事了，這正是菲力斯迫不及待想聽的，害怕又興奮的心情讓他坐立不安。

「他們還需要更多的波特酒，但我不想再回去了！」阿嘉莎哭著說。

莫里茲太太伸手摟住女兒，她越過阿嘉莎的頭看著菲力斯。

「你想要我上樓幫忙？」他難掩驚訝的問。

「對啊，她沒辦法去，你看看她嚇成這副德性。」

所以他放下抹布和主人的皮鞋，起身去拿波特酒。趁莫里茲太太還沒改變心意前，快步跑離廚房。

2

樓上的宴客廳已經完全變了樣子。房間稍早才布置得非常舒適，現在卻像個陰森森的地牢。雖然不像阿嘉莎一樣膽小，但菲力斯打量四周後，能理解她為什麼被嚇跑。房裡唯一的光源來自火爐，天花板和牆壁上都映出狹長的影子。外頭的木百葉窗還沒關上，從巨大落地窗望出去的漆黑夜色，看起來就像深不見底的洞穴口。房間絲毫沒有溫馨的氛圍，卻是個說鬼故事的絕佳場所。

客人圍成半圓，零散的坐在火爐旁。雪萊夫人屈膝跪坐在墊子上；臉色蒼白陰鬱的雪萊先生頹坐在一張椅子裡；克萊蒙德小姐慵懶的斜躺在紅色沙發椅上；一旁則坐著波里多利醫生，他把腳枕在板凳上頭。阿嘉莎說醫生深受雪萊夫人吸引，為了想讓她刮目相看，而從窗臺上縱身一跳，卻因此扭傷腳踝。這的確像是人們會為雪萊夫婦做出的瘋狂舉動。

菲力斯拿著波特酒，靜悄悄的穿梭在客人之間。他很慶幸在他斟酒時，波里多利醫生和克萊蒙德小姐都低著頭，沒看見他的手抖得多厲害。

「你要不要為我們說個故事，瑪麗？」波里多利醫生越過菲力斯的肩膀，看向雪萊夫人問。

「不了，很抱歉。」她說：「今晚我實在累得沒辦法思考。」即便如此，她仍挺直腰桿，正襟危坐。她就像是一根繃得過緊而即將斷裂的弦，雖然疲累卻硬是強打起精神。

「又是克萊拉——」克萊蒙德小姐解釋：「那女孩是個討人厭的小壞蛋，我實在想不通為什麼波西和瑪麗要領養她。她什麼也不做，只會說謊，沒人相信她的時候，又生起悶氣。難搞極了！」

菲力斯想起那位淡金色頭髮的女孩，他今早在窗邊看見她。原來她叫克萊拉啊。他覺得她的樣子看起來不是在生氣，反倒有點像憂愁。

「我相信她最終會適應的。」雪萊夫人說，雖然語氣有些遲疑。「她累壞了。這對她來說是趟漫長的旅程，對我們也是。我離開前交代了女僕，讓她今晚早點上床。」

「哈！她一定又會無理取鬧。」克萊蒙德小姐說。

雪萊夫人狠狠的瞪了一眼。「克萊蒙德，當我想知道你對照顧小孩的看法時，拜託千萬提醒我要開口問。」

這番嘲諷讓克萊蒙德小姐的臉皺成一團。雪萊先生勸道：「別這麼刻薄，親愛的瑪麗。」雪萊夫人轉身面向波里多利醫生。「請原諒我。」她用和緩的語氣說：「我已經忙了一整天，但那不是我女兒的錯。現在我腦筋一片空白，沒有任何想法。」

可是菲力斯很確定，在她那雙灰綠色的眼珠後，藏著數不清的鬼點子。只不過，客人們已經等不及，想聽下一個鬼故事了。拜倫勳爵只好從座位起身，走到爐前。他把手倚在爐臺上，作勢誇張的咳了幾聲。他非常陶醉於在眾人面前長篇大論。

菲力斯退回宴客廳的後方，滿心期待著說鬼故事大賽能繼續。

「下一個換誰？誰敢來挑戰把我們嚇破膽？」勳爵的目光掃過每個人，最後落在雪萊夫人身上。「瑪麗，你真的沒有故事要說給我們聽嗎？」

雪萊夫人舉起手婉拒。

「拜託，別再問我了。我想不出任何稱得上可怕的事。」她說：「你怎麼不替補我呢？」

沒錯，快接棒！菲力斯在心裡默默懇求。因為勳爵是個說故事的奇才，他高低起伏的嗓音和變化多端的手勢總是讓觀眾聽得如痴如醉。這個故事絕對會好得不容錯過。

「好吧。」拜倫勳爵嘆口氣說，彷彿這是件天大的麻煩事，他還寧可一個人留下來喝悶酒。但菲力斯注意到，他的眼睛閃過一絲調皮的光芒，他的主人正玩得不亦樂乎。

拜倫勳爵離開火爐邊，在靠窗的位子坐下。火光瞬間照亮他的臉龐，讓他的膚色看起來蒼白發青。就和屍體一樣，菲力斯心想，他感到胃中一陣絞痛。其他客人在爐火邊動也不動，變得相當安靜。

故事的魔力要開始了。

「我的故事是關於一位叫貝兒的女孩。在某個夜黑風高的晚上，她帶了一名陌生人回家。」拜倫勳爵說：「親愛的，但這名陌生人不像外表般單純。」

故事的序幕就此揭開，他的嗓音猶如海浪般跌宕起伏，引人入勝，每次停頓時，他便睜著大眼，以驚恐的眼神巡視在場的每個人，菲力斯聽得十分入神。

「……貝兒解開大門的鎖後，抱著陌生訪客，搖搖晃晃的穿過庭院。她看著臂彎裡的女子奄奄一息，毫無血色，不禁開始懷疑，難道她從森林裡帶回的，其實是個死……」

有人大叫一聲。

菲力斯嚇得跳了起來，客人們也嚇得頻頻喘氣，但他們發現那是克萊蒙德小姐的聲音後，便放聲大笑。

「別取笑我！」她嚷嚷著：「我的第六感告訴我，這故事不會有好結局。」

菲力斯也是這麼認為。他的心怦怦怦跳個不停，但深吸一口氣後，他告訴自己：別傻了，故事才沒有那麼可怕，至少現在沒有。

「……當他們經過狗屋時，睡著的狗突然醒來。牠迅速起身，在月光下齜牙咧嘴，露出一口發亮的尖牙。貝兒嚇壞了，這隻狗向來溫馴得不得了，從來沒聽過牠出聲咆哮，但現在牠對著她懷裡昏睡的客人凶狠的低吼。驚恐的貝兒趕緊進門。一走進安全的家……」

震耳欲聾的巨大雷響讓他的主人瞬間停住。菲力斯緊張的看向其他賓客，爐中的火光讓他們的表情看起來陰沉又空洞。雪萊先生的膝蓋不由自主的直打顫；靠在他腳邊的雪萊夫人用雙手托著臉；一旁的克萊蒙德小姐瞪著深色的大眼睛；對面椅子上的波里多利醫生表情僵硬，像戴了面具似的。他們的恐懼瀰漫在空氣之中，而且深具感染力。菲力斯感覺到他的脈搏再次加快。

雷聲止息後，他的主人啜了一小口水，準備好要繼續講故事。但他才剛說出第一個字，宴客廳的大門便被打開，一顆戴著帽子的頭探出來東看西看。拜倫勳爵的手重重落在大腿上。

「究竟是發生了什麼事，莫里茲太太？」他說，語氣流露出明顯的不悅。

菲力斯在內心哀嚎。她是來找他的，不是吧？廚房裡還有工作要完成，他在上頭待太久了。

拜倫勳爵瞪著她，「怎麼了？快說！」

莫里茲太太拖拖拉拉的走進房內，雙手不斷搓揉。「我的阿嘉莎病倒了，我想問醫生，」她朝波里多利醫生點頭，「能不能去看看，告訴我該怎麼照顧她。」

菲力斯發現她沒有生氣，反而相當憂愁。這讓他有些擔心。

但拜倫勳爵看起來不耐煩到了極點。不用說，他一點都不關心阿嘉莎或莫里茲太太，他只想說完他的故事。

他向菲力斯點個頭，「你可以帶他下去吧？」

雖然很想留下來聽完貝兒的故事，菲力斯仍點頭回應，「遵命，老爺。」

走進樓下的廚房，他們看見臉色鐵青的阿嘉莎在火爐旁渾身發抖。如果是一個小時前看見阿嘉莎這樣，菲力斯還會稍微幸災樂禍，心想她倒楣活該，但現在他一點也笑不出來。阿嘉莎的確是個討人厭又懶惰的女孩，但她也不該被嚇得失魂落魄。

「回樓上去，」莫里茲太太對菲力斯說，他才剛讓波里多利醫生在旁邊的椅子坐下來，「還是得有人負責侍候客人。」

菲力斯很慶幸能離開。他不喜歡有人生病，在短短的人生裡他已經看過太多次了，尤其是發生在家人身上，而他今晚可不願想起那些回憶。在漆黑的長廊上摸索前進時，他試著把注意力轉到貝兒的故事上。那名陌生人是個壞人？或是幽魂？她會害死好心收留她過夜的貝兒嗎？

但他晚了一步。

一踏進房間的剎那，他就知道故事結束了。拜倫勳爵頹然的陷在椅子裡，像個毫無生氣的布娃娃。他的主人時常禁食，一次就是連續幾天，今天大概就是其中一天。菲力斯走到上頭仍擺著餐點的桌子旁，為勳爵在盤子上夾了些食物。

克萊蒙德小姐高聲尖叫。

不是只有一聲，而是持續不斷的尖叫。菲力斯手上的盤子抖得厲害，他趕緊放下避免摔破了，然後轉身去看是出了什麼事。

「那裡！就在玻璃窗那裡！我看見了！」克萊蒙德小姐大喊，她的手指向中間的窗戶。

「看見什麼？」雪萊先生問。

「一個穿白色衣服的人，他的手緊貼在窗戶上！」

雪萊夫人轉了轉眼珠子，「克萊蒙德，這是你另一個天馬行空的幻想嗎？」

菲力斯凝視窗外，除了黑夜和雨絲之外，什麼也沒看見。現在克萊蒙德小姐哭得歇斯底里，但似乎沒人相信她。拜倫勳爵轉過頭去，閉上眼睛，雪萊夫妻則交換了一個眼神。

「你們為什麼不相信？」克萊蒙德小姐啜泣著。

「因為你太緊張了。」雪萊夫人一隻手生硬的扶在她的肩上，「我們該去休息了吧？我還是想不出任何故事要說，而且你顯然已經聽太多了。」

兩位年輕小姐站起身。正當她們走向門口時，卻傳來一個聲音，讓她們頓時僵在原地。

「那是什麼？」克萊蒙德小姐倒抽了一口氣。

「我猜是某棵樹撞到玻璃窗吧。」雪萊先生說，雖然他聽起來不怎麼肯定。

那聲音又出現了，而且這次還更大聲。砰、砰、砰。短暫的靜默後，又是一陣砰、砰、砰。可是聲音不是從窗戶那兒傳來的。

菲力斯確定無疑，那是拳頭重擊木頭的聲音。

某個人正站在大門外。

3

「我們絕對不可以開門！」克萊蒙德大喊：「不管是誰站在門外，都不要讓他們進來！」

菲力斯看向拜倫，再望向雪萊夫妻，希望有人可以告訴他該怎麼做。故事裡貝兒帶了一個陌生人回家，最後她到底發生了什麼事？雖然他沒機會聽到結局，但從客人驚恐的表情，他大概猜到了。

砰、砰、砰。

「我受不了那敲門聲！」拜倫說，手指緊壓著他的太陽穴，「菲力斯，去看看那是誰。」

「是的，老爺。」他點點頭，決心不要露出害怕的樣子。這是個證明他有能力的機會——能夠臨危不亂，且能稱職的服侍主人。菲力斯挺直胸膛，走出房間。這次他拿了一根蠟燭。

敲門聲持續的響起。但奇怪的是，他越靠近大門，聲音聽起來越微弱。正當他的手伸向門把時，聲音戛然而止。菲力斯屏住呼吸，遲疑了一下。

外頭，強風再次颳起，天空劈下另一道閃電，一聲轟雷巨響後，四周陷入了詭譎的寂靜。敲門聲沒有再次響起。又等了幾秒後，他很確定不管站在門外的是誰，都已經恢復理智，決定回家了。他恢復正常的呼吸，看來根本沒有開門的必要。

接著是一聲「砰」。

菲力斯跳了起來，聲音是從大門底部傳來的。某人，或可能是某個東西，還待在外頭。他做好心理準備後，握緊門把，卻發現轉不動它。這笨東西摸起來像是被塗上一層油似的滑溜。他在褲子上抹去掌心滲出的汗，又試了一次。

颯颯呼嘯的風猛的灌入屋內，強勁的風力吹得門撞向牆壁。蠟燭熄滅了。外面的一切潮溼陰暗，絕對不可能會有人在那裡。

然後他往下看。

在他身後的長廊，一定有人打開了某扇門，因為門口的臺階上灑落一道狹長的光影。在他腳邊躺著一個人，一具屍體。他不禁大聲驚呼。

「噢！噢，我的……」

菲力斯的思緒倒轉回去。又一次的，他和媽媽在一艘從美國航向歐洲的船上。起初幾天，她多半時間都待在甲板上。

「這就是自由的味道啊！」她說。

航行途中，海上颳起狂風暴雨，宛如惡獸般的滔天巨浪猛烈襲擊船隻。船長下令要每個人都待在甲板下。接連幾天他們都擠在貨艙裡，床鋪上塞了太多人，到處都是嘔吐物和尿液。疾病迅速的蔓延，只不過一個晚上，就死了六名乘客；加上媽媽的話，總共七名。他們的屍體用床單裹好後扔進海裡。他獨自一人抵達歐洲。

菲力斯眨了眨眼。

他一眼就看出這是一具屍體，而且是名女性，雖然她沒戴著綁繩女帽，連身裙還髒得不得了。女孩應該剛死不久，不過幾秒前她還在敲門呢。她側向一邊，膝蓋彎曲的躺著。菲力斯在她旁邊蹲下，原本想伸手去碰她的肩膀，手卻在半空中停住。

我應該搬動她嗎？他心想，我該請拜倫動爵過來嗎？

他希望能表現得像堂堂紳士該有的頂尖僕役，妥善的處理好事情，而不是大驚小怪，畢竟今晚這樣的事已經太多了。

有人正從身後的長廊朝他走來，他趕忙爬起身。

「菲力斯，怎麼了？」那是雪萊夫人的聲音，「一切都沒事吧？」

他往旁邊退一步，手指著女孩的屍體。他們兩人都瞪大雙眼，震驚得說不出話。

「抬她進屋內吧，我們或許能為她做些什麼。」雪萊夫人終於開口說道。

「可是她死了。」

雪萊夫人惡狠狠瞪了他一眼。

「沒問題。」他咕噥著。

雪萊夫人的手撐在女孩的胳膊下，菲力斯則抓著腳。一起數到三後，他們拖著她穿過長廊，沿路在地上留下一條髒兮兮的水痕。

宴客廳裡，雪萊先生、拜倫勳爵和克萊蒙德小姐圍成一圈，緊張不安的等待著。

「她死了嗎？」他們把女孩抬進去時，克萊蒙德小姐放聲大叫。

「是的。」菲力斯說。

「我們還不知道。」雪萊夫人說，音量大得蓋過他的回答。

他們把女孩放在壁爐前的地毯上。雖然小心翼翼，移動的過程仍讓她的頭倒向一側，露出她脖子上一道奇怪的疤痕，它看起來像是胎記，或是糾結突起的青筋。

「可憐的孩子。」雪萊先生看到那疤痕後，下了個評論，「真是個醜陋的傷疤。」

這一點也不像菲力斯看過的任何傷疤。那不是鞭子抽打，或熱鐵烙印造成的，而這兩種他以前都在美國經歷過。想到這裡，他便使勁的拉緊外套的袖口，確保手臂上S形狀的疤痕被遮住。然後，他搖搖晃晃的起身。

用不著說鬼故事了。

當現實生活將死亡送上門時，就沒必要說故事嚇人了。菲力斯厭煩的想，彷彿他得一再被提醒：最親近的人、最平凡的事都可能瞬間被奪走，只剩下無盡的黑暗填補他們的空缺。

「我們的家庭醫生應該替她仔細檢查。」拜倫勳爵說：「菲力斯，把他從廚房請來。他一定早就處理好女僕的事了。」

菲力斯挺直肩膀。

「遵命。」他說。

回宴會廳的路上，波里多利醫生表現得一點也不膽怯，雖然在那裡等著他的是一具屍體。菲力斯猜想，他大概對死亡已經習以為常了，雖然他不曉得怎麼會有人看見死人，卻不會萌生哀傷、作嘔或……至少有些感覺。

「別站在那裡皺眉頭，小子，快滾開！」波里多利醫生說：「現在，麻煩大家好心的讓一讓。」

醫生跪在女孩身旁，手指輕壓在她骨瘦如柴的手腕上，一面盯著壁爐上的時鐘。其他人全都注視著他。菲力斯從來不知道一分鐘可以過得如此漫長。

終於，波里多利醫生移到一旁，腳傷讓他的動作笨拙。「我測不到脈搏。」他說。

「她的傷疤是怎麼回事？」雪萊先生指著那女孩的脖子問道：「那看起來非常眼熟，可是我不知道為什麼。」

現在傷疤能清楚被看見。在爐火的映照下，它像是一片暗紅色的蜘蛛網。波里多利醫生傾身細看。

「很可能是一出生就有的缺陷。」他說：「我不認為那是致死的原因。」這說法對菲力斯而言，代表他毫無頭緒。

「噢，好吧。我了解了。」雪萊先生說，一邊退回原先的位置。

忽然之間，雪萊夫人掙脫開她丈夫的手，跪在爐前的地毯上。那女孩看起來比之前還更像一具死屍。然而雪萊夫人撩起裙襬，在女孩正後方坐下。她雙手環抱女孩的腰，費力的把她扶起坐好。

「瑪麗，這女孩死了。」雪萊先生說，伸手拉住他太太的肩膀。

雪萊夫人甩開他的手。

「我不會袖手旁觀，放任她死去，更何況我還有機會能救活她，波西。難道你不記得我們在薩默塞特看見了什麼嗎？」

雪萊先生畏縮了一下，像是剛被她打了一記耳光。這段時間出奇安靜的克萊蒙德小姐，現在卻發出低沉不悅的哀嚎。

「簡直要把我逼瘋了。」拜倫勳爵說，緊緊摀著前額。不知道他指的是誰或哪件事，但他眼中興致勃勃的神采已經消失了。

房間裡的氣氛已經徹底改變，就像是有人打開了窗戶，讓寒風竄進來；菲力斯能感覺到寒意一點一滴滲進骨頭裡。他下定決心要做些什麼，他要拿來更多酒、更多柴火和蠟燭，好讓氣氛恢復。

這時雪萊夫人說話了。

「你們都知道我和波西去年失去了我們的寶貝女兒。」她說，輪流看著每一個人。「我那時悲慟不已。某次我夢到我在火堆前不斷搓揉她的身體，結果讓她起死回生。」

「別說了，瑪麗。」雪萊先生試著拉住她的手，她轉身甩開。

「至少讓我試試看。」她說。在火光的映照下，她的眼裡閃著一條條竄動的小火舌，毫無懼色的神情，說明世上沒有事情是她征服不了的。

「沒有用的，瑪麗。」雪萊先生說：「你不是科學家，即便你真的是……」他的聲音無力的漸漸轉小。

昨晚他們才討論到科學是為人類造福的偉大革命。已經有實驗證明，被處決的死刑犯能以某種方式起死回生，或至少有身體抽動的反應。毫無疑問的，必須要有更多的研究。但這不是很令人興奮嗎？誰知道這一切將會引領我們走向哪裡？

但一股驚恐感襲擊了菲力斯。彷彿他正坐在一輛失控的馬車，朝著山坡下急駛。

你不能真的讓一個人復活。你能嗎？

不，他想，當然你不能。

雪萊夫人搓揉著死去女孩的後背。菲力斯不禁渾身顫抖。站在旁邊觀看沒帶來任何愉悅，也沒有刺激的興奮感，但他的心情又害怕又著迷。在房間的另一端，克萊蒙德小姐又在大哭大叫了。她要求要有人護送她回他們的別墅，拜倫勳爵和雪萊先生爭論是誰要陪她，看起來他們都想找個藉口開溜。

雪萊夫人的手在死去女孩的兩側肩胛骨上，不停的來回移動。菲力斯好希望有人能叫她住手，雖然他不認為有人能夠或願意這麼做，而這讓他感到害怕。

他注意到宴客廳的門「啪」一聲打開，又迅速的關上。拜倫勳爵的聲音越來越小。菲力斯發現其他人也早已經走了。但他的目光沒有從雪萊夫人的手移開，她一圈又一圈的搓揉著，持續不斷。

雪萊夫人的前額滲出汗珠，她的按摩一點也不輕柔，手腕上浮起一條條青筋，那可憐的女孩在她的拳頭下就像是一團麵糰。

雖然難以相信，但他的內心升起了非常渺小的希望。

如果搓揉有用呢？如果這真的能讓死人復活呢？菲力斯死命的盯著那雙手，彷彿光用看的就能讓這把戲成真。

呼吸啊，他催促著死去的女孩，呼吸！

4

沒有成功。

女孩的身體仍舊靜止不動。終於，雪萊夫人筋疲力盡的坐下休息。四周一片安靜，只剩下柴火燒得劈啪作響，暴風雨在山間怒吼的隆隆回音。天空打下一道道閃電，炫目的藍光、白光在窗外一閃即逝。菲力斯很沮喪，但他試著振作，要去拿白蘭地來壓驚和床單來蓋住屍體，只不過他的精神還有點恍惚。

妄想讓一名死去的女孩復活是多麼瘋狂！這些科學家到底在想什麼，竟讓人們抱持希望，讓雪萊夫人信以為真？剛才的一瞬間，他也差點相信了。

「我們把她放在沙發椅上。」雪萊夫人說。

「是的，雪萊夫人。」

「看在老天的分上，別再叫我雪萊夫人！」

菲力斯眨了眨眼，但他只不過是一名僕役，一直以來都是用這個符合她身分的稱謂來稱呼她。

「別擺出一副被冒犯的樣子。」她咕噥著：「我和波西沒結婚，所以我還是葛德溫小姐。瑪麗．葛德溫。」

「但邀請函上寫著雪萊夫人。」

「那只是為了做表面工夫。」

「噢。」他仍舊很困惑。所以說，雪萊夫妻不是丈夫和妻子，只是住在一起、有小孩的兩個人，他不知道原來人們可以這麼做。今晚有好多規矩被打破了，他還真不習慣。

「請你叫我瑪麗。」她表示。

「瑪麗。」菲力斯點點頭。這聽起來很大膽，但他很喜歡。

他們合力將女孩抬上沙發椅。在燭光下，他猜想她的樣子約莫十四歲吧。她的眼睫毛修長得誇張，鼻子周圍布滿雀斑。這是一張很美麗的臉龐，讓人印象深刻，而且她隱約讓他想起某個人。

「我們該將她的雙手交疊在胸前嗎？」菲力斯問。因為當他媽媽過世時，他就是這麼做的。

「可以交給你嗎？」瑪麗說：「我不認為我能再碰她。」

「遵命。」

菲力斯把她的右手舉起，斜放在胸前，再按照一樣的方式擺好她的左手。她的肌肉還沒硬化，皮膚也還沒變冰冷，他猜這大概是受到爐火熱度的影響。她仍穿著一雙木製的鞋子，腳後跟都被磨破皮了。他動作輕柔的脫下它們，看見她髒兮兮的腳趾頭上滿是泥土，不免覺得難過。

「我要去提水幫她洗腳。」接著他注意到瑪麗的表情。「發生了什麼事？」

瑪麗用雙手摀著嘴。

「我的天啊。我想我認得她！」完全忘記剛才說好不想再碰到女孩，瑪麗伸手撥開她脖子上的頭髮，這麼一來，她的傷疤又露了出來。「我很確定這是……我認得這疤痕……但她怎麼可能從那麼遠的地方跑來！」

那麼遠的地方？

所以，女孩不是當地人。這一點菲力斯相當同意，因為她不像義大利人有深色的皮膚，也不像瑞士人有金黃色的頭髮，而附近山間的居民大都來自這兩種民族。的確不可能，女孩臉上的雀斑就和雞蛋上的斑點一樣多。但不知道為什麼，她看起來還是很眼熟。

「為什麼她要來這裡？」菲力斯問。

瑪麗沒有回答，她的嘴巴大大的張開。

「天哪！」她喊：「你看！」

女孩的雙手滑落到身體兩側。菲力斯看了不禁皺眉，現在他得再幫她把手擺回原來的位置，更別說她的身體摸起來比預期還溫熱，讓他不怎麼情願。

接著他發現，某件事發生了。

女孩的腳忽然抽動一下，胸口微微的鼓起又落下，眼皮不停顫抖，然後，她睜開眼睛。菲力斯驚得目瞪口呆，覺得下巴要掉下來了。瑪麗放聲尖叫，她跌坐在地上，握起女孩的手。

「她活過來了！」瑪麗大喊：「菲力斯，快看！她活過來了！」

菲力斯目不轉睛的盯著，不只是看著神情恍惚的可憐女孩，還看著瑪麗。他連大氣都不敢出一聲。

「我們救了她。」瑪麗說。

豆大的淚珠滾落她的雙頰。她一定在思念自己的孩子，菲力斯心想，孩子夭折後，她曾夢到在爐火邊幫她暖身子。頓時菲力斯百感交集，複雜的思緒在心中來回拉扯，淚水不自覺的湧入眼眶。終究，有些人是挽回不了的。

女孩很快的清醒過來，雖然還很虛弱，想必她很多天沒吃東西了。他們扶女孩坐起身，讓她背靠著沙發，腿上蓋好毯子，接著菲力斯趕緊在爐上加熱牛奶和白蘭地。

「很謝謝你們。」又急又猛的喝下熱飲後，她聲音沙啞的說。女孩舉起杯子讓菲力斯再幫她倒滿，這次她貪婪的一口灌下。

「慢慢喝！」瑪麗說：「不然你會想吐的。」

一聽到瑪麗的聲音，女孩瞬間愣住，她非常緩慢的把杯子移離嘴邊。雖然上唇周圍還沾有牛奶，她的表情卻相當嚴肅。

「我找到你了，女士。」她說。

外頭再次打雷，轟隆隆的雷聲越來越響亮，一陣急起的暴雨敲打在窗戶上，讓房間顯得更陰暗溼冷。

瑪麗仔細打量女孩，「我的確認識你，沒錯吧？」

「沒錯，女士。你也認識我妹妹。」她說，語氣越來越急躁，「我大老遠跑來就是為了找她。我花了好幾個星期，才終於抵達這裡。如果你膽敢傷害她一根寒毛，我會……」

「別胡說八道了！」瑪麗打斷她，「孩子，看在老天的分上，冷靜下來！」

菲力斯來回注視她們，突然間被弄糊塗了。所以，瑪麗真的認識這名訪客，然後女孩剛剛還提到了一位妹妹？

女孩用她的手背抹了抹嘴。她看起來很緊張，無法直視瑪麗銳利的眼神。

「女士，你先前曾到英國的薩默塞特郡，拜訪了伊甸宅邸。這些你都記得嗎？」她說。

菲力斯發現她說話時有一種奇怪的腔調，捲舌音特別明顯。他不知道她提到的地方，但顯然瑪麗很清楚，因為她突然僵硬起來。

「當然！」瑪麗說：「在我們來歐洲的幾個星期前，我們拜訪了伊甸宅邸。法蘭雀絲卡・史坦是老朋友了。世上的女性科學家寥寥可數，她可說是非常了不起，很有想法，腦袋聰明絕頂！」

女孩畏縮了一下，「她不只是那樣子。」

「噢，我記得你也在那裡。」瑪麗好像沒聽見一樣，自顧自的說：「是個暴風雨的夜晚，對吧？我們必須要立馬離開，因為……」

「女士，因為你的父親來找你。」這一次換女孩打斷她的話。「告訴你，我非常慶幸他這麼做。」

瑪麗的笑容退去。「我不認為我們現在需要談那件事。」

「或許不是關於那件事，女士。」女孩說。她的臉色再次變得蒼白，手指緊掐著杯子邊緣。「但關於我妹妹，有不少事情得說。求求你，請告訴我她很安全。」

菲力斯皺起眉頭，事情變得越來越耐人尋味了。

瑪麗看來也很困惑。「我不懂你的意思。當時在伊甸宅邸，你是一位僕人，對不對？」

「不，不完全是。」

在菲力斯看來，她不像一位僕人。她不像阿嘉莎氣質粗俗，手掌也沒有因為做粗活而龜裂。她的指甲滿是汙垢，手臂細瘦卻很結實。連身裙比她的身子大了一個或兩個尺寸，而不合腳的木鞋子像是從別人那裡拿來的。

「我的名字是莉琪．艾普比。」女孩緊張的深吸一口氣說：「我住在史威村，那是緊鄰伊甸宅邸的村莊，然後……」她的聲音顫抖，「我必須要來找你！我根本不敢想你會做出什麼事！」

「不過你怎麼找到我們的？」

「在伊甸宅邸的那個晚上，你們一群人正在談話，提到一個叫帝歐達地的地方。我記得這個名字，恐怕一輩子都不會忘記。」

一道刺眼的閃電劃破夜空，她瞬間沉默下來。自稱是莉琪的女孩把臉深埋進手臂裡，突然看起來很驚恐。

菲力斯不安的扭動雙腳。他很想幫忙，卻不知道該怎麼做。最後他走向餐桌，在盤子上堆滿肉和麵包。他不認為莉琪把頭埋進手臂裡，還能吃得下那麼多。但至少他可以試試看。

等打雷和閃電停止後，她立刻抬起頭，用手抹淨臉龐。

「莉琪，這給你。」菲力斯拿給她一盤滿滿的食物，她沒伸手去接，所以他輕輕的把盤子放在她腿上。她快速的看了一眼，又移開目光。他不禁懷疑，是不是她的眼睛出了什麼問題。

「很抱歉。」莉琪說：「是閃電的關係，它讓我很害怕。」

他快速瞥了一眼她脖子上的疤痕，心裡還是很好奇，她怎麼會有這個奇怪的傷疤，但他知道最好別問；有時候，傷疤代表了非常痛苦的私人回憶，不適合分享。

瑪麗輕咳一聲。「所以呢，這位妹妹怎麼了？」

「是我的妹妹，女士。她是我親生妹妹，而你強行把她帶走。」

菲力斯震驚的瞪大雙眼。

「什麼意思？我才沒有做這種事！」瑪麗憤怒的駁斥。

「為什麼你覺得她和瑪麗在一起？」菲力斯問。

「我沒有不經過同意就帶走任何人。」瑪麗說。

菲力斯看著她，她露出一貫冷靜沉思的表情，只是這次她嘴唇繃緊。

「我聽說她是位孤兒，沒有地方可去。我以為我們是在做善事……」

「善事？」莉琪不以為然的冷笑。

瑪麗的呼吸又變得沉重，脖子逐漸脹紅。

「菲力斯！不要走來走去，給我坐好。」她沒好氣的說。

但是他從來沒有在樓上的房間坐下過，這是另一條將被打破的規則。「坐在哪裡？」

瑪麗用手指輕敲一張身邊的椅子。雖然不太合理，菲力斯還是照著瑪麗的話坐下，一邊祈禱莫里茲太太不會走進來撞見這一切。

「這位你提到的妹妹，」瑪麗說，恢復一貫的沉著態度。「我聽說她沒有親近的家人，沒人能照顧她，其他村民又排擠她。」

「誰告訴你這些？」莉琪問。

「怎麼了嗎？是史坦小姐和那女孩自己。」

「我妹妹不常實話實說，女士。」

瑪麗眨了眨眼。「總之，我相信了。她非常焦慮，應該要離開史威村，展開新生活。我得承認我們剛開始說了不少道理，才說服她跟我們走。但現在她懂事多了，我們在一起很快樂……」

「所以她很安全嗎？」莉琪插嘴：「她一切都好嗎？」

「當然，她過得好極了！為什麼她不會呢？」瑪麗沒好氣的說。不過菲力斯看見莉琪露出大為放鬆的表情。「如果你只是想來跟我對質的話，你根本白來了。」

之後是一陣令人坐立難安的漫長沉默。莉琪率先開口說：「要決定誰對誰錯，你得先聽我的故事。」

瑪麗不安的移動了身子。「沒問題。」

「菲力斯？」莉琪問：「你也會聽嗎？」

「會……當然會。」他說，很訝異自己也被算進去。光這一點，就讓他很欣賞她。她點頭表達謝意，但她沒有注視他們任何一個人，而是盯著腿上一盤滿滿的食物。

「伊甸宅邸不是你想像的那樣。」莉琪說：「你來的那天晚上，我不是僕人。我是一名囚犯。」

瑪麗發出一聲驚呼。坐在椅子上的菲力斯傾身向前。

「那棟房子發生的事不是很令人開心，或……」莉琪侷促的吸了一口氣，「或振奮，事情糟透了。女士，我必須要告訴你每件事，而且要快。因為我懷疑那個人也正在前往這裡的路上，我一輩子都不想再見到他。」

菲力斯瞄了一眼窗戶，木百葉窗還未關上，那個神祕人很可能此刻就在外頭。

「我去鎖上前門。」他說。

一回房間，菲力斯便關上百葉窗。不用看見巨大又漆黑的窗戶的確有些幫助，雖然他的心跳仍快得驚人。

「我希望你們會相信我，你們兩個都是。」莉琪說。

菲力斯誠懇的點點頭。她髒兮兮的裙襬和破皮腫脹的雙腳，都說明了她歷經長途跋涉才抵達這裡。她獨自橫越山脈、航過海洋一定需要勇氣，以及迫使她向前的恐懼。不論旅程多麼艱辛，絕對要比留在後頭的回憶好。

菲力斯知道那種感覺。

莉琪一定遇上很糟的事。不管她將要告訴他們什麼，他心裡有一大部分已經相信她了。

第二部

莉琪的故事

英國薩默塞特郡史威村

一八一五年十二月——一八一六年五月

5

新的時代要來臨了。你能從空氣中嗅出端倪，一股像洋蔥般刺鼻、辛辣的味道瀰漫各處，就連我們的小村莊史威村也變得躁動不安。每個星期都傳來新發明的消息：電力點亮的檯燈、蒸氣驅動的引擎，還有在手臂戳一針就能治好水痘的新療法。坐落在山谷的村莊變成城鎮，城鎮又變成城市，一天比一天更加擴張、繁榮。村民說某天當我們醒來，會發現布里斯托就在家門前。雖然日子很不平靜，卻令人興奮。

然而，在一個特定的夜晚，古老的傳統會扭轉劣勢重獲勝利，那是在朝聖草原上，以營火堆為中心舉行的隆冬慶典。我們聚在一起歡慶一年的結束，有各種美食和音樂，人們還會轉圈踏步的跳著舞，這是個要讓人體會活著有多美好的時節。因為隆冬午夜時，亡者的世界會貼近我們的世界，據說，是近到你能看見瀕死之人的靈魂。

從小我便聽這些迷信長大，它們屬於隆冬午夜的一部分，也是讓人感到興奮刺激的原因。但今年感覺不太一樣，因為天上多了一顆奇怪的星星。

慶典的當晚很冷，夜空布滿閃閃星光。其中有顆星星比起其他的亮上許多，還拖著一條尾巴，看起來像是一隻會發光的蝌蚪。它在一個星期前第一次出現。「那不是星星，莉琪，它是彗星，和星星完全不一樣。」媽媽說。那天晚上我們忙著趕鵝，我注意到它高掛在天空。「老掉牙的傳說認為它們會帶來瘟疫、饑荒和厄運。」她瞪大雙眼，揮動雙手，一邊說一邊咯咯笑著。我也跟著她笑，或者說是勉強擠出笑聲。

今晚彗星變得更大，它低沉的垂在天邊，就像是我腦中揮之不去的不祥預感，但我不知道是關於什麼。我們來這裡是為了依循祖先留下的傳統，慶祝隆冬午夜，這是盡情享樂、藉著跳舞來驅逐寒冷的時候，不該悶悶不樂的盯著彗星。朝聖草原的一端擠滿販賣食物的攤販，有烤乳豬、肉派、熱騰騰的葡萄乾圓麵包，和埋在土坑裡烤的地瓜，也有攤位賣蘋果汁和暖呼呼的香料酒，一旁還有隻拴著繩索的乳牛，提供一杯一便士的新鮮牛奶，自己動手擠則免費。

我們在草原的正中央搭了營火，它和房子一樣高，和船一樣寬。現在史威村全部兩百一十二名的居民都圍在營火堆旁，他們的臉被熊熊火光照得發亮。這意味著當你的後背凍得發僵時，正面則熱得冒汗。我的好友梅西．馬修斯堅持我們必須和火焰保持一段距離。

「不然我的臉會起可怕的紅疹。」她說。

我從來沒看過梅西長過任何疹子。她有著過腰的烏黑長髮，和一雙能和黑鳥蛋媲美的碧綠眼睛。即便是現在，冷得快凍僵的壞天氣裡，她的鼻頭還是凍得白裡透紅。梅西是目前史威村一帶最漂亮的女孩，每個人都知道，除了她本人以外。

離開營火堆沒有提振她的精神，僅僅是讓我們更冷了。我九歲的妹妹佩琪拿了一袋甘草糖，朝著梅西揮舞，但那也毫無幫助。

「我不能吃。」她悶悶的說。

佩琪看看梅西，再看看挑眉的我。梅西不吃甜食就像魚離開了水。但我猜得出原因，或者說是誰造成的。只有一個人對梅西有這般影響力：伊薩．布萊克。

「來嘛，開心點！」我試著捉弄的推她一下。只不過按照古老傳統，隆冬午夜也是發現真愛的時候，而我猜正是這個原因，使得梅西特別安靜。

某部分的我了解她的感受，但不是關於真愛的事。嗯，絕不。我們村裡的男孩全是一臉邋遢、笨手笨腳，卻自以為是王子，這也包括梅西喜歡上的伊薩。在我看來，他連幫她擦鞋子都不夠格。雖然今晚我和梅西一樣感到不自在，但我下定決心要拋開不愉快。

我挽起梅西的手臂，想讓我們兩人開心起來。「那今天史威村有什麼刺激的事嗎？謀殺？盜墓？有人的馬新裝了馬蹄？」最後一件事最有可能發生。

梅西聳聳肩。她的媽媽經營村裡的麵包店，家裡沒有烤爐的村民會拿著自家的麵包和派去烘烤，不然就是向她買現成的。她熟知每個人的大小事。假如有人偷摳了鼻孔，不到中午，消息就會傳到我們耳裡。

「我猜你知道關於科學家的事？」她說。

怪了，我倒不知道。「蛤？什麼科學家？」

「他似乎是從倫敦搬來的，租下伊甸宅邸一年。」

「一個人住的話，那房子不會太大嗎？」佩琪插嘴。

她說得沒錯；是太大了。伊甸宅邸是一棟灰暗的高聳建築，成群的塔樓和城垛使它看起來像一座城堡，它陰森的氣息卻讓人望之卻步。宅邸就在我們村莊往西兩哩的地方，從街上遠眺，剛好可以看見它的尖頂。以前那裡住著一個富裕但有點瘋癲的家族，現在空無一人，車道上長滿雜草，大門永遠深鎖。

「很難想像會有人想住在那裡。」我說：「想到它就讓我渾身發抖。」

「所以，他請了僕人重新整修。他們最近拚命刷洗地板，敞開所有房門好通風，為他的到來做好準備。」梅西說完，又趕緊補上，「都是我聽來的。」這代表是她媽媽告訴她的，絕對錯不了。

接著我瞥見我媽，她站得比我們更靠近營火。從人群中認出她相當容易，因為其他人都不像她有著滿頭淡金色鬈髮，佩琪的頭髮和她一樣。在營火的映照下，她飄散的頭髮閃閃發亮。

像是彗星的尾巴。

這個想法讓我很不安，似乎不該把媽媽和天上不祥的徵兆聯想在一起。所以當梅西聊起外表漂不漂亮的話題時，我相當高興。因為媽媽很……漂亮，雖然這個形容詞不是很適合她。

「你媽是個大美人呢，不是嗎？」梅西嘆口氣。「不像其他媽媽相貌平平，她有一種真正令人著迷的魅力。」

「別讓她聽到你說的話。」我說，雖然心裡有點得意。

媽媽一向主張，最重要的是一個人的行為，她對巫術和迷信則嗤之以鼻。當爸爸在他的工作室打造椅子和櫥櫃時，媽媽負責打理家務、照顧牲畜，我和佩琪一起幫忙，必要時爸爸也會加入。但還是媽媽工作最勤勞、手腳最快速，即便想追上她的速度，也得費上一番工夫。

今晚，她把冬天盛開的白玫瑰別在她和佩琪的頭髮上，她試著要幫我弄，卻沒辦法把它們固定在我滑溜溜的直髮上。我伸出手，把一支翹起的花朵推回佩琪的鬈髮裡。

「其他的有固定好嗎？」佩琪說，她鬆開我的手，輕輕拍了拍頭。

我快速檢查一遍。「一切都很好。」

此時我正巧向下看，瞥見她連身裙的口袋裡有個東西在扭動。

「噢，佩琪。」我哀嚎著：「這次你口袋裡又裝了什麼？」

上星期她帶了地鼠回家，在那之前是一隻無腿蜥蜴，更早還有一隻刺蝟，牠試圖逃跑，躲進木柴堆裡。養寵物已經慢慢變成她的習慣。

「是一隻小田鼠，我叫牠阿克。當時大家在麥田上搬乾草堆，我怕牠被踩死，所以救了牠。」佩琪說。

我知道，事實上人們早在九月時便忙著搬乾草堆了。所以那又是佩琪另一個善意的小謊言，無傷大雅，沒有惡意，只是和事實有點出入。她說話甜甜的，村民根本不會懷疑她。

「你看，莉琪，牠是隻小可愛。」佩琪說。

從她的口袋冒出一顆黃褐色的小腦袋。梅西厭惡的皺緊鼻子，「噁！竟然把牠裝在放甘草糖的口袋裡。」

我忍不住大笑。「好吧，這次牠不准跑上我們的床。更不用說上一次地鼠還鑽進我的枕頭裡。」

「阿克會住在外頭。」佩琪說：「我發誓牠會。」

我看著她水汪汪的棕色大眼睛，很懷疑她會放牠住在屋外，尤其是在這冷得連腳趾頭都會凍僵的天氣裡。要讓身體暖和起來，我想沒有比現在跳上幾支舞更好的方法，而且也是該換別人照顧佩琪了。

「走吧，我們去找爸爸。」我告訴她：「不管怎樣，現在是他帶你回家的時間了。」

我們在一群聚在香料酒攤位前的嘈雜人群裡找到他。爸爸一看到我們，便伸手摟著佩琪的肩膀，傻乎乎的微笑。他喝得比平常多，卻沒因此提高嗓音。如果有任何不一樣的話，那就是他看起來更溫和，神情更迷茫了。

「寶貝，睡覺時間到了嗎？」他問佩琪，她嘟囔了幾聲。接著他對我說：「親愛的莉琪，跳完兩支舞後就回家好嗎？」

草原遠處的一角忽然響起小提琴的樂音，咚咚咚的鼓聲順著冰冷的寒風傳進我們耳裡。梅西迎向我的目光，我們像傻瓜似的朝對方咧嘴大笑。

「好吧，爸爸。」我說：「我保證兩支舞就好。」

6

我們朝音樂傳來的方向跑去，跌跌撞撞的穿越結霜的草原，一邊咯咯咯笑著。抵達草原遠遠的另一頭時，我們慢下來，換成走路好調整呼吸。

「噢，梅西！」我尖聲叫著：「看！」

地上已標示出跳舞的方形場地，每個角落都有一根點亮的火炬，還有一捆捆供人休息的乾草，大部分的位子都已經坐滿了。還沒有人開始跳舞，但是方形舞池裡結霜的銀白色草地看起來很吸引人，連我也躍躍欲試，迫不及待想跳舞。這是今晚第一次我覺得精神抖擻，真不知道該怎麼守住只跳兩支舞的承諾。只不過梅西又變回一副苦瓜臉。

「我希望伊薩不在這裡。」她說。

我轉了轉眼珠，伊薩的事讓她變得多愁善感。「你們吵架了嗎？還是發生什麼事？」

「大概吧。」她說，撥弄著肩上的頭髮。「我們說好今天要一起散步，但他說他得照顧一隻生病的豬。說真的，莉琪，比起我，他更關心那些動物。如果今晚他邀我跳舞，我絕對不會答應。」

我斜瞄了她一眼。太好了，我心想，是時候她該認清像伊薩這樣的男生，根本不是好對象，不和他在一起對她比較好。

聚在舞池一角的人群開始推擠，發出陣陣歡呼。我們踮起腳尖想看個清楚。一陣突如其來的吼聲讓群眾散開來，隨著越來越響亮的歡呼聲，一個雙眼被紅布蒙住的男孩，搖搖晃晃的走進方形舞池。

「噢！」我嚷嚷著，興奮的拍著手。「是蒙眼遊戲！」

這是隆冬午夜的老傳統，不論蒙眼的人碰到了誰，那個人就會是他的真愛。去年郵局局長派克小姐抓到漢斯先生的手臂，他擁有史威村最大的農場。媽媽堅持那是一個意外，只不過是派克小姐在泥巴上滑跤。但確定的是，他們在復活節前結婚了。

在熱烈的喧嘩聲和口哨聲中，蒙眼的男孩歪歪斜斜的在人群裡繞了一圈，他的大腳看起來莫名的眼熟，還有他參差不齊的棕髮。顯然，梅西和我有同樣的想法。

「戴眼罩的是伊薩！」梅西抓緊我的手臂。「我們靠過去！快點！」

我皺起眉頭，「等一下，我記得你說……」

但她已經拉著我，要推開人群擠到前頭。

「伊薩！」梅西大叫，跑到他即將經過的路上站好。

歡呼聲更響亮也更緊湊了。伊薩再次轉回我們的方向，梅西把手盡可能的往前伸。

「在這裡！」她大喊，瘋狂的揮舞她的手。「伊薩！是我！」

四周淨是熱烈的歡呼聲和激動的吼叫聲，很難判斷他到底有沒有聽見她。受到這股興奮鼓舞，我也加入群眾跟著嘶吼，吼到嗓子都痛了。伊薩靠得越來越近——近到我能看見他指縫裡的泥土，梅西盡可能的把身子向前傾，直到他們的手離得只有幾吋遠。然後，在最後一刻他轉過身去，人群叫出響亮的「噢噢噢！」。

「快去他那！」我說，用手肘推梅西往前。我猜他早就知道那個人是她，故意要調皮想捉弄她。

突然之間，伊薩停下腳步。他再度往我們的方向伸出手。噢，天啊！是往我的方向！雖然我趕緊扭過身，他還是抓到我了。

「放開手，你這大傻瓜！」我生氣的說。

沒想到，他反而把我的手高舉過頭，像是在炫耀獎品似的。一陣震耳欲聾的盛大歡呼聲響起，當下我寧可死了。我根本不敢看梅西，卻感覺得到她瞪著我的盛怒目光。我試著掙脫開伊薩的手，但他抓得太緊了。當他用另一隻手取下眼罩後，他像個呆瓜一樣傻愣愣的看著我。

「莉琪．艾普比？」他說：「這不可能是真的。」

「不。」我說：「絕對不可能是。」我慌亂的急著想和梅西交換位置。

「住手！」她大叫。

她甩開我，低下頭匆匆穿過人群。伊薩一鬆開我的手，我便拔腿緊追在她後頭，她是我最好的朋友。「梅西！等一下！」

伊薩放聲大叫：「噢，停下來，梅西！別計較了，我只是開個玩笑。」

我們的呼喊聲如同耳邊風，梅西頭也不回，氣沖沖的大步穿過草原。

「梅西，這只是個遊戲。別這樣！」我大吼。

她朝著草原的入口走去。我只能隱約看見，她灰白色的披巾在黑夜中發出銀光。在我身後，伊薩的聲音越來越小，卻越來越生氣。「你都別聽啊，看我會不會在乎，梅西．馬修斯。」

梅西沒有停下腳步。一踏出入口，她便直接走上通往墓園的道路，那是回家最快的捷徑，她消失在我視線之外。我走到草原入口時，心情盪到谷底。梅西不會真的以為我喜歡伊薩吧，可能嗎？這只不過是個愚蠢的村莊傳統。

前方的教堂敲響午夜的鐘聲。我不想抄捷徑穿過墓園，更何況四周一片漆黑，只能仰賴彗星的亮光來指路。樹木的葉子全落光了，光禿禿的枝幹投映出猶如女鬼手指的細長黑影。我決定要走去史威村的中心廣場，再穿越村莊綠地，繞遠路回家。我只顧著難過，根本沒聽到後方的腳步聲。有隻手重重的拍在我肩上，我快速的轉過身去，心跳差點停止。

「噓！是我！不要尖叫！」

梅西站在我面前。我一邊喘氣，一邊又因為放鬆下來而大笑。

「我們絕對不可以因為那個笨男孩吵架……」我停下來。

我注意到梅西沒有生氣，但她的臉色跟披巾一樣蒼白，我感到背脊一陣發涼。

「到底發生了什麼事？」我說。

她握住我的雙手，她的手指冷極了。「我剛在墓園看到很可怕的東西。」

「是什麼，伊薩．布萊克嗎？」

她沒有笑，我也是。

「我看到你媽，莉琪，而且我想我也看到你。」

我把手從她手裡迅速抽回。

「真是個惡毒的玩笑。」我說：「你是因為伊薩的事想報復我嗎？」

「沒有！我是說真的！」

她的神情讓我不得不相信她。我和她一樣都非常熟悉這個迷信：在隆冬午夜經過墓園的話，你會看見一年之內將面臨死亡的人的靈魂走進墓園。那些走出來的會存活，而那些沒有的……

「那是個愚蠢的傳說。」我趕緊說：「就像是蒙眼遊戲。你絕對不能相信，因為那不代表任何東西。不管怎樣，媽媽和我——我們兩人都走出來了，是不是？」

梅西用手摀住嘴。「噢，莉琪。」她說，接著便哭了起來。

7

光從媽媽的外表，就能看出她和一頭公牛一樣健壯。任何有理智的人都知道，梅西看見的只是老掉牙的傳說，就像把我跟伊薩配作對的遊戲一樣蠢。對我最好的方法就是忘記這件事，而且有段時間我幾乎忘了。

舊的一年過去，一八一六年來臨，帶來了我所遇過最糟的天氣。大雨接連下了幾個星期，吹倒了我們家的煙囪，使得茅草屋頂漏水，連每一次走去草原餵牲畜，都像在髒兮兮的河裡游泳。史威村居民一向愛把問題全怪在某件事上，這次也不例外，農作物歉收、天氣異常全都是那顆彗星害的。

一個潮溼的二月早晨，我們在廚房準備要吃飯。我們剛去過果園餵豬，弄溼的靴子和襪子正掛在爐火前晾著。但工作還沒結束，等會兒還要沿著坎坷路走到牧場去餵牛。在這種天氣裡工作真煩人，爸爸答應會來幫忙。

「先吃完早餐。」媽媽堅持。

她用我們家最小的鍋子煮燕麥，其他較大的鍋子則放在天花板漏水處正下方的地上，好接住滴下來的雨水。當她把燕麥舀進碗裡時，有人大力敲打前門，她手裡的瓢子懸在我的碗上。

「到底會是誰啊？」她說。

只有陌生人才會用我們家的前門。門一打開就是坎坷路，爸爸說走前門太危險了，因為路上常有急著趕路的馬伕。我們都是用連結後院的廚房後門，村民來串門子時也是。

「我來開門。」爸爸說。他起身時，裝出嚴厲的眼神，往我和佩琪瞪一眼。「不准碰我的食物，你們兩個貪吃鬼。」

他才不需要擔心，我們更好奇前門的訪客會是誰，所以躡手躡腳的走到門廊偷聽。

原來拜訪的人是一位伊甸宅邸的男僕，那棟大房子離這邊兩哩遠。梅西曾說有位科學家要搬進那裡。我特別專注的聆聽，想知道會有什麼逗趣的新鮮事。

「艾普比先生，你知道，我們從倫敦來的房客隨時都會抵達。」僕人說：「但當我們打開地下室其中一個房間時，發現櫃子全都受潮毀損了。」

「溼氣的確會弄壞東西。」爸爸表示贊同。

「艾普比先生，身為木匠的你能幫忙更換它們嗎？」他說，語氣相當急躁。「而且能快點做完嗎？新來的房客有很多……」他停了一下。「器材。如果沒辦法把它們妥善放好，會耽擱到重要的工作。」

這個僕人沒有提到「科學家」，但很明顯的那就是他的意思。「重要的工作」聽來很耐人尋味，我等不及要告訴梅西這一切。

「我了解了。」爸爸說。

「如果你願意的話，我們希望你馬上來宅邸量尺寸。我們想趕在房客抵達前把事情處理好。」

當下爸爸就答應了。

廚房的餐桌上，媽媽拿湯匙使勁的刮碗，發出刺耳的噪音。「你早忘了餵牛的事，對不對？」她對爸爸說：「難道我們要自己扛所有的飼料？」

爸爸輕聲嘆氣，他不喜歡吵架，尤其是和擅長鬥嘴的媽媽。

「親愛的，你可以等一、兩個小時。」他說：「只要等我去伊甸宅邸量好他們想放架子的地方，我就可以幫忙了。」

媽媽指著窗外。「但現在雨剛好停了，再等幾個小時又會開始下雨。」

我注意到風也改變了。煙囪不再吹進陣陣暖風，倒是後門門縫滲進冰冷寒氣，待會兒很可能會下雪，走去餵牛的過程會變得更辛苦。

「莎拉，我們需要伊甸宅邸的這份差事，我必須過去。」爸爸說。看到他興奮得滿臉通紅，我很想笑。

媽媽卻面無表情的看著他。強忍住笑意的我最後咳了幾聲，佩琪遞來她的水杯。

「我們的牛也必須撐過這個冬天。」媽媽說：「再說，幾個置物架有什麼要緊？」

「梅西說他是科學家。」我說，希望能緩和氣氛。

媽媽轉了轉眼珠。「噢，那不正是我們這裡需要的——以為用科學就能改變世界的有錢人！」

爸爸將椅子往後推，站起身，他根本沒碰半口燕麥粥。

「我會待在我的工作室。」他表示。後門「啪」的一聲在他身後關上。

媽媽拉長了臉。「好吧。」她說，雙手重重的拍在桌上。

顯然她不太高興，但我仍為我們的爸爸感到非常驕傲，伊甸宅邸需要他卓越的木匠工藝，這可相當了不起。不論如何，在這種天氣拉著飼料爬上坎坷路簡直笨透了。

「我們應該把牛養在離屋子近一點的地方，這會讓事情簡單一點。」我說。

「可是果園裡已經養了豬。」佩琪表示。

「不會太久的。」我提醒她。

佩琪摀住她的耳朵。「不要提到屠夫，你明明知道我討厭他們來宰豬。」

不過，媽媽對我剛說的話很有興趣。「天啊，莉琪，你說得對。說實在的，我們還是可以把牛帶下來這裡。牧場的草很稀疏，牠們早就開始吃麥草稈了。我們把牠們和豬養在一起幾天，不會有問題的。」她望著我，好像我突然變成了世界上最聰明的人。「跟你說，不如我們現在就這麼做？」

我的嘴巴張開。「一整群牛？現在？沒有爸爸幫忙？但是有整整十二頭牛，而且牠們很容易受到驚嚇。」

「胡說！我們可以把牠們趕下來，快到你爸爸根本還沒構思伊甸宅邸的架子。這件事我們不是非得要他的幫忙。」

我愣愣的看著她。所以說，媽媽認為我們有能力把十二頭長角牛趕到坎坷路上。這意味著要先把牠們聚攏，帶出柵門口，穿過一整片泥巴地，再一路走回我們的果園，而且還得在天氣變糟以前。毫無疑問，她瘋了。

一看到我的表情，媽媽笑了出來。

「我的寶貝莉琪。」她摸著我的雙頰說：「千萬別懷疑你的能耐。」

她的手在我皮膚上感覺熱熱的，她正對著我微笑，而且是因為我。那一刻我相信了她。一旦天氣變糟，餵牛的工作會比以前更麻煩。在我會意過來以前，我就同意了：好，我們會把牛趕回果園。我們甚至擊掌並握手以完成協議。

我和佩琪大口嚥下剩餘的燕麥粥，我們不得不這麼做，因為媽媽站在我們面前，腳尖不停拍打石板地。她也注意到風變了，頻頻望向窗外看天空。

我們一披上披巾、套上快烘好的靴子，媽媽便催促我們往庭院外走。爸爸工作室的門半掩著，我從門縫瞥見他正在整理工具，心裡再次為他感到無比驕傲。

「別煩你爸，他很忙。」媽媽說。

「不該告訴他我們要去哪嗎？」

「他很快就會知道了，現在別再拖拖拉拉。」她緊抓我的手，拉著我匆匆往前走。這就是媽媽一貫的作風：做的比說的多。但這讓我感到不安，我不喜歡說謊，因為謊言總會找到方法揭穿你。

8

我們的牧場沿著山坡向上延伸到教堂墓地的圍牆，共有十四英畝。等到我們抵達牧場時，雙腳和裙襬都溼透了，也上氣不接下氣的喘著。冷空氣讓坎坷路變得泥濘不堪，走起路來更慢更艱辛。較小的池塘已經開始結冰，暗沉又詭譎的天色預告著就要下雪了。

一踏進柵門口，媽媽便用雙手圈住嘴。她的呼喊聲讓十二頭饑腸轆轆的長角牛，從山丘朝我們緩緩走來。牠們滿心期待會有乾草和蕪菁，所以一看見我們兩手空空，牠們在離我們三十碼遠的地方突然停下。

媽媽又喊了一次，牠們謹慎的望著我們。其中一隻向前踏一步後，又停在原地，牛鼻子不斷呼出白煙，其他隻只是站著靜靜觀望。

「我們現在要怎麼做？」我說。

「我要繞到牠們後頭。」媽媽說：「你們待在柵門口。」

但事情沒那麼簡單。

我們才往前一步，牠們便四蹄翻飛迅速奔開。牠們走到遠處的圍牆後又停住，垂下布滿斑點的巨大牛頭。正是此時，我注意到天色變暗，草地、圍籬和牛群像被洗去了顏色，看起來淨是一片灰濛濛。一陣風把我溼透的裙子吹得緊黏著腿，我感覺到初雪的雪花輕柔的落在臉上。

「變天了。」我緊張的望向天空。

「這都是要證明，把牠們今天帶回去是對的。」媽媽說。她手中的乾草叉原先是帶來戳牛的屁股，現在卻指著我們。「你們兩個都別動。」

當媽媽邁著大步穿越牧場時，佩琪開始哭哭啼啼。「莉琪，我好冷。不能回家嗎？」

「我保證就快了。」

我瞇起眼睛，看見媽媽走到離牛群一英畝遠的地方，手臂向兩側張開。牠們動也不動，任由她一步步靠近，下一秒牠們卻飛也似的迅速逃開，有些往左，有些往右，笨重的步伐使得地面跟著震動。等牠們終於停下來時，早已四散在牧場各處，緊張兮兮的瞪大牛眼。

佩琪皺緊眉頭。「牠們真不聽話，對不對？」

牠們的確不聽指令，天氣也是。天色轉成一片令人毛骨悚然的灰暗，帶著幾絲昏黃。現在雪下得更快了，冰凍的小雪片在我眼前飛舞、打轉，腳下的草地變白了。

媽媽跨著大步從另一端走回來，脹紅的臉顯得很煩躁。「女孩們，聽我說，這招沒有用，我們必須試試其他方法。」

在猛烈的強風吹襲下，光要聽到她說的話都得費上一番工夫。我們上方忽然傳來一聲撼天動地的巨響，大聲的猶如山中野獸發出怒嚎，或千斤重物被拖過石板地，一瞬間我還懷疑自己聽錯了。

佩琪嘴角下垂。「莉琪，我不喜歡那聲音。」她抱怨。

「別擔心，只是打雷聲罷了。」我說。

但我也不喜歡，尤其最近村民都說是彗星導致天氣異常。我很確定自己從沒聽過下雪天裡會打雷。

我希望媽媽會看清狀況，恢復理智，決定明天再繼續嘗試，或至少先回家等爸爸來幫忙。

但並非如此。

她反而要我們從牧場另一側繞到牛群後方，年紀最小的佩琪要負責看守柵門口。

「佩琪，當你看到我們走向你的時候，一定要立馬打開柵門。」媽媽說：「別擺出那副表情，你必須全神貫注。」她接著對我交代，「走吧，莉琪，我們去趕牛。」

我們從牧場的最高處出發，媽媽往左，我往右。強風幾乎是將大雪橫掃向我們。天色轉暗，草地也漸漸變白，已經看不清幾呎外的地方。我們沿著樹籬，一步一步慢慢走下山坡。讓牛群冷靜的訣竅是要保持安靜、壓低身子，但問題是我根本看不到牠們在哪裡。

當我停下把擋在眼前的頭髮撥開時，發現自己已經走離牛群太遠了。媽媽就站在我左邊。

「沿著樹籬走回去。」她說，揮揮手趕我離開。

「難道不能等到暴風雪過後再趕牛嗎？」

幾道閃電在我們頭頂上落下，照亮翻騰的烏雲，彷彿火爐上沸騰的牛奶一般，讓這片天空充滿詭譎的氣息。雖然媽媽根本沒注意到，因為她的眼神緊盯著我。「莉琪，記得我們在早餐時握手說好的協議嗎？」

我記得。

「很好，這麼一點雪我才不怕，你也不該怕。現在快動身。」

所以我們又繼續走，一開始沿著牧場較短的一側，接著慢慢走到較長的另一側。不久就有四隻牛走在我們前頭。

打雷了。

這次雷聲更響亮了，嚇得牛群不安的小跑起來。同時天氣變得更冷了，我的手指凍得發紅，胸腔因為吸進冷空氣而疼痛。如果媽媽也同樣不舒服，她也絲毫沒表現出來。她低著頭，雙手向兩側張開，像個機器一樣前進，要追上她的腳步比登天還難。現在看來，梅西在隆冬午夜的預言真是一派胡言，比起遇上突發意外，媽媽更可能會當上英國女皇。

但我感到一股越來越強烈的不安。在我們牧場頂端的兩側站著高大的樹木，其餘則是空曠寬廣的草原，而我知道關於暴風雪的一點——閃電會劈中樹木，有時候則擊中牛隻。現在梅西的預言再次盤據在我腦海，我沒辦法忽略。

「媽！」我大叫。「已經打雷了，我們不可能辦得到。」

「別大驚小怪。」她吼回來。「我們越快聚攏牛群，就能越快回家。」

我們已經走到牧場的低處。有四隻牛在佩琪面前停下，牠們四肢叉開，雙眼凸出。

「我該打開柵門嗎？」她嚷著。

可憐的佩琪看起來冷得身體僵硬，幾乎沒辦法舉起手拉開門閂。

「不行！」媽媽吼回去。「必須等我們找到全部十二隻牛。」

「可是媽媽——」

一道閃電打斷我的話。炫目的金黃亮光劃破天空，幾秒後雷聲轟隆響起，聲音大到我感覺腳下的地面在震動。

「我們真的該停止了。」我說，發現自己的聲音透露著恐懼。

「莉琪，我不喜歡這樣。」佩琪哽咽的抱怨。

媽媽還是沒看天空。

「你們又在大驚小怪。」她說：「專心完成你正在做的事情。」

她轉身後邁步穿越牧場，幾秒後她的身影就消失了，眼前只見白茫茫的銀色世界，點點白雪隨風迴旋、舞動、飄落。不一會兒，我的乾草叉和靴子就鋪了厚厚一層白雪，雪片吹進我的眼睛和嘴巴。在大雪紛飛的情況下該怎麼找到其他八頭牛，我根本毫無頭緒。

「我們不能再繼續走了！」我大喊。

這件事已經和牛群無關，是媽媽想向爸爸和我們證明自己的能耐。即便再這樣下去很危險，她都不願意打退堂鼓。

我跟在她後頭，唯一的線索是她留下的一串腳印。我跟著它們，找到兩隻肩並肩站在牧場中央的公牛，而牠們身後正是張開雙臂的媽媽。

我的心沮喪的向下沉。

這簡直是瘋狂之舉，就連媽媽的樣子也看起來像發瘋了。用頭飾盤起的頭髮凌亂散開，在狂風中緊貼她的雙頰，她根本沒有停下來整理。一手仍緊握乾草叉的她，慢慢向牛群逼近，牠們不安的拍動大耳卻沒有移動。

「媽！別管牠們了！」我吼著。

她毫不理會，雙眼只死命盯著兩坨被大雪覆蓋的牛屁股。「前進！」她對牛大喊：「呼！呼！」

當她高舉乾草叉時，牛群發出低鳴，快速往牧場四周奔逃。

接著天空打下一道刺眼的強烈亮光，轟隆雷聲立即在我們正上方響起。我害怕的蹲下身縮成一團，第一個念頭就想到佩琪。當我轉身要衝回她身邊時，我看見媽媽。她站在原地不動，手中的乾草叉仍指向牛群原本站的位置。叉尖變得焦黑，冒出捲捲黑煙。

「媽？」

我走過去，把手放在她肩上想搖醒她。天空閃現另一道亮光，這次是藍色的。伴隨著碎裂聲和燒焦味，我的耳朵出現嗡嗡聲響。一股難以忍受的熱浪從我左臉向下流到左肩，一直流到大腿。我的胸口被重重壓住，沒辦法呼吸。整個世界開始在我眼前天旋地轉，一股強大的力氣頓時把我整個人拋離地面。

9

當我醒來時，鳥兒正在啾啾鳴叫。我躺在床上，粗糙的毯子沉甸甸的貼著肌膚。某處吹來一陣徐徐微風，把我額頭上的頭髮也吹起。空氣不再冰冷，聞起來有春天的味道，雖然所有東西看起來依舊是一片漆黑，就像冬天的情況。

我很快就知道這情形的原因：有一塊溼紗布蓋在我的眼睛上。

「別碰！」在我伸手要拿開它時，佩琪大喊：「你必須要把布蓋著，你的眼睛燒傷了。」她的聲音嚇得我顫抖了一下。

「什麼？我的意思是……我在哪裡？」但我現在已經能猜出，我在家裡躺在自己的床上，而佩琪坐在我旁邊。我試著坐起身，但脖子和手臂的皮膚像是玻璃般脆弱，輕輕一動，就感受到快炸裂開的劇烈疼痛。我只好躺回去，全身筋疲力竭，很想反胃。

「佩琪，我發生了什麼事？」我問，設法冷靜的再次開口說。

接著是一陣令人侷促不安的沉默。

「你……這個嘛……」她猶豫了。

我好希望她能說謊，只要一個善意的小謊言就好，就像她常說的那種。但她沒有這麼做。

她不需要。

一股強烈的不安感竄過全身，我猛然想起來：閃電，刺眼的藍光，高舉起乾草叉的媽媽，還有東西燒焦的臭味，而我猜那股燒焦味是從我身上來的。

「可以把窗戶開得更大嗎？」我虛弱的說。

佩琪照我的話做。我靜靜的躺著，緩慢的深呼吸，把空氣吸滿胸膛後，再徐徐吐出，一直到我身體的疼痛減輕。

我漸漸注意到外頭的聲音——我的鵝群開心的嘎嘎叫著，也有從爸爸工作室傳來的搥打聲和鋸木聲。這些聲音就和我的心跳聲一樣熟悉，它們代表生活仍在運轉，每件事都一如往常，我會再好起來，眼睛會痊癒，事情會……

「媽媽在哪裡？」我問。

我聽見佩琪焦躁的嚥下口水。

「佩琪？」

「噓，好好休息。」她說。

外頭的鋸木頭聲停止後，爸爸走進屋內，他爬樓梯的腳步聲一向很輕柔。當他走進房間時，散發著一如往常的木屑味和汗水味。我的眼睛透過紗布望出去，看見他模糊的身影，但似乎變小了。

「莉琪，你終於醒來了。」他用濁重的嗓音說：「醫生開給你強效的藥劑。」

「我睡了多久？」我說，猜想他大概會說一天或兩天吧。

「快兩個月，現在是四月了。」

「四月？」我驚訝的衝口而出。「怎麼可能？」

「我們認為對你最好的是……」爸爸頓住，「在睡夢中度過最糟的時期。」

我聽出來他的遲疑，他正小心翼翼的選擇用字。我的胸口繃得越來越緊縮，所以說，這不是最糟的部分，還發生了更可怕的事，而且我知道他沒有告訴我，因為佩琪也沒有。

「媽媽在哪裡？」我又說了一次。

很長一段時間他都默不作聲。佩琪拉起我的手，像摸小貓般輕輕撫摸，爸爸只是不斷的乾咳，於是我最後又開口問。

「爸？她在哪裡？」

「有一道閃電……它……嗯……先擊中你媽，電流通過她的身體，然後擊中了你。」從敞開的窗戶灌入的新鮮空氣，現在毫無用處，我根本無法呼吸。

「那她……」

「她過世了，莉琪，是的。只為了證明自己的能耐，這固執愚蠢的女人付出自己的性命。」

他開口後，就像無法停下來似的一股腦兒的拚命說。但是他的話語彷彿是要說給另一個人聽的，我甚至不確定自己是不是真的在那裡。我腦中只有一片永無止境的空白，感覺很嚇人。

「我沒辦法接受。」我說。緊閉著雙眼，我試著把所有事情都隔絕在外，但這不可能，一旁的佩琪哭了起來，爸爸發出一聲輕咳，如果他也在哭的話，那他的眼淚掉得無聲無息。

「我的好女孩，你必須要接受事實。」他說，語氣裡帶著我沒有預想到的尖刻，「況且，還不止這些。」

接下來幾週，在睡夢中過日子比較容易。無時無刻不在提醒我，媽媽已經不在了。梅西會在我清醒時來拜訪，她會拉一張椅子在我身旁坐下，這是第一次，她只是靜靜坐著，不急著用話語來填滿沉默。有好幾次我集中精神，想聽到爸爸的動靜，我常常聽見從他工作室傳來的敲打聲和鋸木聲，卻很少有他走上樓的腳步聲。大部分是佩琪幫我送來三餐，她不斷告訴我要多休息，才能讓眼睛復原。但昏睡的痛苦是，剛醒來的瞬間就像被馬兒用力一踹，逼我再次回想起發生的事。

在五月的某一天，我從一團聞起來發酸的被單裡醒來。我知道不能再這樣下去，是時候該面對世界了。

現在脖子和手臂的皮膚已經不再發疼，皮膚感覺緊繃，而且異常光滑，但我完全不敢想像它們的樣子。坐起來後，我拿開眼睛上的紗布，眨了眨眼，用手揉幾下，再瞇起眼看。不管有沒有紗布，根本一點差別都沒有，我還是看不到，我的眼睛絲毫沒有康復。

我驚慌的大叫佩琪。

「怎麼了？」她喊，乒乒乓乓的衝進房裡。

「我發生了什麼事？我怎麼還是看不見！」

「噢。」她說：「我以為你會……」

「康復嗎？我也是這麼想。」

當我哭得唏哩嘩啦，哽咽得喘不過氣時，我妹妹靜靜的坐著陪我。這讓我感覺更糟，因為佩琪也不過是個小女孩，只是現在她沒有媽媽了，我們沒有媽媽了。那天吃早餐時我說了蠢話，在媽媽提議說我們該把牛群牽回家的時候，我應該要阻止她，但我反倒跟著她起鬨，甚至還握手協議。我們當時真是愚蠢至極。

最糟糕的是我活了下來。從今天開始，我必須找到一個幫助我接受事實、而且繼續好好活著的方式。

眼淚終於停住了。我擦去淚痕和鼻水，決心開始適應新生活。在我左邊的光源應該是窗戶，正前方較亮的地方是房門口，我猜這表示房門是敞開。看來，至少我可以在黑暗中辨認出光線。

「假裝我會康復沒有好處，佩琪。」我說：「這就是現在的狀況，這就是我。」

我慢慢把腿晃到床邊，整個左側身體的皮膚，緊繃得快撕裂開來，四肢麻痺又沉重。我站起來時，每個東西看起來都是朦朧不清的灰影。接下來的生活將不會很容易，我還是需要妹妹的幫忙。

「你在嗎？」我說。

「我在這裡。」她說，她就站在我身旁。

「很好。」我伸手扶住她細瘦的肩膀，輕柔的捏了一下。「現在一步一步慢慢來，我們要準備下樓了。我必須梳理一番，你得幫我好嗎？」

「好。」

她聽起來不太情願，我猜得出原因。「你看過我的傷疤了，對不對？」

「對啊。」她太過開朗樂觀的說：「但它們沒有那麼難看，它們真的沒有。」

我深吸一口氣。「再告訴我一遍，這次說詳細一些。」

佩琪哀嘆了一聲。但我最後還是從她那裡知道狀況。有一道疤痕從我的下巴延伸到手肘，另一道從我的臀部一直到左腳底。它們看起來一點也不像普通的疤痕。

「它們像是葉脈，莉琪，像是葉子背後的紋路。」佩琪說。

她把它們說的似乎真的很美麗，我知道不是如此，但我很喜歡這個小謊言。

我們成功的走下樓抵達廚房。當佩琪到外頭的幫浦汲水時，我試著自己找肥皂來清洗床單。即便是在非常熟悉的環境下，還是很難做到。我不停撞到桌子，還被收在桌下的椅子割傷，這讓我再次生氣想哭，我差一點就要大叫爸爸，因為乒乒乓乓的捶打敲擊聲告訴我，他就在外頭的工作室裡。

此時前院傳來了靠近的腳步聲。

我注意到門廊變暗，便搖搖晃晃的站起來，滿心期待是爸爸來了。

「我終於走下樓了。」我說，希望他會感到開心。

「而且你的樣子看起來需要幫忙。」一個愉悅的嗓音說。

原來是梅西。看到她在這裡，我開心極了。

不久後，我梳洗好也著裝完畢。雖然還很虛弱，但比自己想像中要好多了。

「快吃。」梅西說，她在我面前放下一盤食物，撲鼻而來的一股融合香料和奶油的肉香味，我的口水都快流出來了。

「看起來好好吃。」佩琪說。

接著是一陣啪啪的拍打聲。

「哎呀！」佩琪尖叫。

「那就把手拿開！這是我媽最拿手的火腿肉派，是給莉琪的。」梅西說。

在這段時間，我第一次笑了，或者說我幾乎笑了。罪惡感猶如一隻黑色巨鳥突然朝我俯衝，在我心頭盤據。受苦的不只有爸爸、佩琪和我，可憐的梅西如此貼心的照顧我，她和心上人伊薩吵架後，又在墓園裡看見可怕的預言。我沒資格坐在這裡微笑，吞下滿滿一口肉派後，我就發現自己吃不下了。

「你早就知道媽媽會出事，梅西。」我說，一邊推開盤子。「那晚你看見我們的靈魂走進墓園。」

她忽然「砰」一聲在我旁邊的椅子坐下，用手臂抱住我的肩膀。

「別這樣，那只是個愚蠢的舊迷信，現在才沒有人還把那種說法當真。」

「是嗎？」我說，想起當時她哭得多慘。「妳似乎很相信，說不定就是彗星帶來了該死的厄運。」

「莉琪，把這全忘了。」梅西說。我想像她大手一揮，趕走了流傳幾世紀的迷信。「你懂嗎，時髦的人只相信能被驗證的事實。」

「你改變說法了。」

「是啊，為什麼不呢？尤其現在我們有專屬的科學家住在村裡，聽說他造成了不少騷動，雖然我還沒親眼見過他。」

我記得梅西曾提過這件事。這位科學家將要搬進伊甸宅邸，而爸爸最近正忙著為他打造架子。按照史威村的標準來看，這個消息著實令人興奮，卻也令人有些困惑。

「怎麼會有科學家想從倫敦搬來史威村呢？」我問：「我們村莊位置偏僻，和其他地方至少相隔好幾哩，養的豬還比人多。」

「他在進行一項祕密的科學研究，但沒人真的知道狀況。」梅西在椅子上動來動去，似乎正在撫平裙子的皺痕。「話說回來，你身體好到能出門散步嗎？」

我喘了口氣，再次感到焦躁不安。「不，今天還不行。」

但梅西的字典裡才沒有「手下留情」四個字，拒絕對她而言不是一種可行的答案。

10

坎坷路是我再熟悉不過的地方，即使蒙住眼睛，我也知道該怎麼走。但當我真的無法倚賴雙眼時，我必須靠兩個人幫忙才能站穩腳步。梅西在我左邊，佩琪在右，各自緊握住我的一隻手。才走到一半，梅西就提議我們改走去草原。

「那裡人比較少，莉琪，你可以慢慢走。」她說。

我猜她是看到我搖晃不穩的步伐。躲在床上的這幾個星期，我覺得自己很安全，現在我必須要面對世界，的確讓我害怕。如果我迷路、跌倒，或讓自己出糗呢？我知道天生失明的小豬或是視力衰退的老馬會有什麼命運，假如媽媽還在這裡的話，我會比較勇敢。但她現在只是一具躺在地底下的屍體，我還必須去哀悼她。

「我想到墓園散散步，離這裡不遠吧。」我說。

梅西猶豫了。「噢……嗯……好吧，如果你覺得你能應付的話。」

「怎麼了？」

「沒事。」她快速的說：「什麼事也沒有，我保證。」

上次我到坎坷路時，還是一個寒冷刺骨的冬日。就連今天，風仍帶著會螫人的寒意，四周昏暗的光線告訴我，太陽沒有出來。但根據日曆，春天已經到了。我努力克制自己不要去想灌木叢裡剛發芽的嫩枝，和其他綠意盎然、我卻無法看見的宜人景象，要做到不是很容易，要再次走進我們的牧場也不容易，那裡曾經發生不幸的意外。我知道我們抵達了牧場，因為佩琪突然開口說：「你知道嗎，爸爸把牛賣給漢斯先生了。」

「噢。」我沒有嚇到，一點也不，但親耳聽到這消息仍讓人難過，因為它讓所有事情變得更真實，更塵埃落定。

當我們左轉往村莊綠地走去時，我的挑戰才剛開始。對毫不知情的人來說，我們大概看起來和一早出門閒晃的其他女孩沒有不同。

當然，我們不是。

這裡是史威村，每個人都知道我和媽媽發生的事。我們勢必會遇到前來慰問的人，我會因此感到害怕、想放聲大哭。我開始懷疑起自己，到底能不能面對這一切。

現在回頭太遲了，我聽到前方馬蹄的喀噠聲和商店鈴鐺的叮噹聲，還有人們在街上彼此問候的交談聲。梅西挽著我臂彎的手僵硬起來。

「準備好了嗎？」她說。

「我……我不知道。」突然間，我看到佩琪和梅西眼中的我長什麼樣子：雙眼失明、帶有奇怪紅色傷疤的女孩。我的連身裙遮住大部分的疤痕，但即便我戴著綁繩帽，也藏不住眼睛的傷勢。很可能，小嬰兒一看到我就嚎啕大哭，馬兒會快速逃開，想到這裡，我不禁口乾舌燥。

「別擔心，那只是漢斯先生走進郵局。」梅西說：「他太太結婚一年了，依舊在這裡工作。我媽說這樣非常新潮。」

我立刻想起了愚蠢的蒙眼遊戲，還有漢斯先生如何在遊戲裡遇到他未來的妻子。只有一個人我衷心祈禱我們今天不會遇見，那就是伊薩・布萊克。想到他，我就覺得丟臉極了。

「前方沒有任何人，連一條狗也沒看見。」佩琪說。

我大為放心的嘆了口氣。「很好，那麼往前走吧。」

走在村莊大道上，梅西帶路的方式變得越來越強勢。「注意你左邊的坑洞。」「停！有馬靠近！」和「把腳抬高，走上草皮。」

橫越村莊綠地時，我腳下的路面變成了鬆軟的草皮。這裡離墓園不遠，前方是教堂街，再過去就是墓園了。這趟散步沒有太難嘛，能再次聞到春天的綠草氣息、聽到鳥兒的鳴叫，真是幸福。正當我稍微放鬆心情時，梅西卻在我旁邊緊張起來。

「哎呀，敲鐘人就在前面。」她喃喃說道。

我鼓足勇氣。他們會過來對媽媽的過世致哀，並慰問我的健康，當然我會禮貌的回應，畢竟他們只是好心問候罷了，然後我們會快步離去。

只不過當我們靠近時，他們卻陷入沉默。沒有問候，也沒有人詢問我的身體狀況。最後在我們和他們擦肩而過時，梅西開口說：「早安，克里夫先生！史卓先生、帕斯默先生，你們早！不覺得今天冷嗎？」

我沒聽到任何回應。

「為什麼這些人瞪著我們？」當我們走出聽力範圍後，佩琪問。

「不知道。」梅西說。

「他們正指著我們，你看！」

「繼續走！」梅西說：「別擔心，莉琪，我保證他們不是指著你。」

在我聽來，他們正是如此。

我們一抵達墓園，我叫佩琪先跑去媽媽的墓前。

「那些敲鐘人，」等她一走，我開口說：「是盯著我瞧，是不是？」

梅西沒有回答。

「我很害怕事情會變成這樣。」我說，淚水湧入眼裡。「我本來就該待在家。」

梅西輕拍我的手臂。「你知道人們對不幸的事會有什麼反應。會過去的，到了下午茶時間，他們又會聊起伊甸宅邸的八卦。」

我把眼淚吸回去，希望她說得對。可是，聽到我們的事被形容成不幸，還是讓我心揪了一下。我正要告訴她時，佩琪氣喘吁吁的跑到我們面前停下。

「這不公平！」她嚷嚷：「我本來希望今天只有我們，但已經有其他人在媽媽墓前了。」

「誰啊？」我問。

「我不知道。他們穿著黑斗篷，前頭有閃亮的排釦，而且他們的個子還很高大。」

這些人聽起來不耳熟。我暫時拋下自己的煩惱，胡亂的想抓住佩琪的手。「你最好帶我們去看看。」

我們沿著通往墓園遠處一角的小徑走，兩側長著蓊鬱茂盛的杉樹，空氣冷得讓人想起冬天，我們的裙襬被腳下潮溼的草地浸溼。

「那邊，就是那個人。」佩琪猛然煞住腳步說。

「噢。」梅西喘著氣說。

我不曉得我們面對什麼方向，或陌生人離我們多遠，以及更重要的是，他們看見了什麼。

「你可以形容一下他們的樣子嗎？」我輕聲說。

梅西沉重的喘氣。「嗯，是個男人……不，等一下，可能是個女人……不，或許那是……」

「是什麼？」我沒好氣的說，對於自己看不見的事感到挫折。「要看出來沒那麼難吧。」

「是個男人。」佩琪說：「他的深色頭髮向前梳了個劉海。」

我懷疑她捏造了最後那部分，尤其當梅西說：「不，他沒有。他戴著一頂鬈曲的假髮。」

「現在別管那個，梅西。」我說：「告訴我他在做什麼。」

「嗯。」我在腦海裡想像她正把眼睛瞇成一條細縫。「他正在寫東西。」

「你看得到是什麼嗎？」

「看起來很像他正在抄你媽媽墓碑上的字。」

「你確定嗎？」

佩琪說：「噓。」

接著傳來紙張摩擦的沙沙聲、斗篷甩動的咻咻聲，還有離我們越來越遠的腳步聲，他正穿越草地，往教堂前門和村莊綠地的方向過去。在我們四周恢復全然的寂靜前，突然有隻烏鴉扯開嗓門嘎嘎大叫。

「呼咻！他離開了。」梅西說。

「我推測，他是要回伊甸宅邸吧。」我說。因為我猛然意識到，這位陌生人可能會是誰。聽他斗篷隨風飄起的沙沙聲，材質像是高級的絲絨，在史威村有這種斗篷的人不多。

梅西倒抽了一口氣。「你認為他就是那位科學家？」

「很可能。」佩琪附和著：「他看起來像是都市人。」

梅西熱心的想多討論一點，但這件插曲留給我很多疑惑，科學家會為了什麼樣的原因，前來探望我媽的墳墓？我想不通，連一點頭緒也沒有，而且現在我的腦袋忙得無法思考這件事。

佩琪牽著我穿越草地，走到媽媽下葬的地方。

「這是個很小的墓穴，但很典雅。上頭有天使的翅膀，摸到了嗎？」佩琪說，一邊把我的手放在墓碑上。

我沿著彎曲的線條慢慢摸索。我試著想像它們看起來多漂亮，但唯一能感受到的是硬邦邦的冰冷石頭。墓園聞起來有樹葉腐爛的氣味，從昏黃的光線判斷，我推測我們就在大樹的正下方。可憐的媽媽不該被留在如此荒涼的角落，她應該要躺在太陽下安息。

我屈膝跪下，任由豆大的淚珠滾落雙頰，佩琪也跪在我身邊，她的手肘和大腿緊挨著我，給我溫暖。我們一直待到雙腿痠痛、裙襬溼透，才起身離開。

「還好嗎？」佩琪問我。

我吸了吸鼻子。「還行。」

當我的手摸著地面，想把自己推起來時，我摸到草地上有個東西——圓滾滾、沉甸甸，像是鈕釦大小的東西。

「那是什麼？」我問，拿起來讓其他人看。

「是個銅釦。」梅西侷促的喘了口氣，「或是黃金做的。」

「哇！讓我瞧瞧！」佩琪說，傾身向前靠近。「上頭刻有圖案，似乎是徽章之類的東西，看起來很貴重。」

「我敢打賭這一定屬於那個研究科學的傢伙，大概是從他的斗篷上掉下來。」我表示，把它緊緊握在手心裡。

「他可能會回頭找。」梅西警告道：「或萬一他發現是你拿走了，然後來找你？」

剛剛哭出來讓我心裡的死結鬆綁了，也讓我覺得更勇敢。最糟的事情已經發生了，我們失去了媽媽，世上沒有其他東西能把我嚇倒，包括科學家和敲鐘人。

「我想知道為什麼他來拜訪媽媽的墳墓。」我說，把鈕釦放進口袋裡以防弄丟。「所以，是我們要去找他。」

11

梅西說那個人往郵局的方向走去，那兒離村莊綠地只有短短的路程。郵局正門的窗戶是厚實的霧玻璃，但站在裡頭的漢斯太太還是能把事情看得一清二楚。倘若那位陌生人沒有走進郵局，她仍能告訴我們他是誰。

梅西沒那麼興奮了。「你看起來很累，莉琪，要不要我們明天再過來？」

我把綁繩帽拉低，好遮住我的臉。

「我沒事。」我向她保證。

才走到店外，我剛萌生的勇氣卻動搖了。我聞到明顯的馬味，顯然意味著這是個熱鬧的地方。回想起那些敲鐘人，我突然感到強烈的不安。佩琪鬆開我流滿汗水的手。

「我去確認他是不是在裡面。莉琪，我去囉？」

我不曉得該怎麼做，或許就像梅西提議的，我們應該明天再來，到時候我可能會比較勇敢，但在我開口前，店門敞開了，掛在門上的鈴鐺叮叮噹噹大聲晃動。

「噢——噢。」梅西輕聲說。

「是那個人嗎？」我問，準備好要和他說話。

回答我的是佩琪高亢刺耳的尖叫聲。

「噢，沛格太太！」她喊：「牠們真可愛！」

年邁的沛格太太在教堂彈奏管風琴，但她彈得有夠糟。我想不通佩琪怎麼會像對待老朋友般和她打招呼。

「沒錯，沒錯，現在麻煩你退到一邊，借我過去。」沛格太太說，一副像是要快速逃開的樣子。

「但你籃子裡有小貓，沛格太太！你一定要讓我瞧瞧。」

這解釋了一切。

「虎斑貓是個小可愛。」佩琪嘰哩呱拉的繼續說：「爸爸不會介意讓我養一隻吧，莉琪，對不對？」

「嗯……這件事……或許吧……」我不認為爸爸會在乎這些，可是聽到佩琪聲音中的興奮之情很令人難受，因為我不能親眼看到這些小貓或和她同樂，這就像是躲在關上的門後聽別人說話，永遠隔了一層。

我試著去牽佩琪的手。「我們回家問爸爸好嗎？」但她把我往前拉，朝著我猜是沛格太太和她籃子的位置靠近。

我們還沒摸到小貓，店門的鈴鐺就響了，另一個人走進來。我的身子僵硬起來。「這次是他嗎？」

佩琪沒有回答，我想她還在和小貓們輕聲說話。

「不是。」梅西細聲的回應：「是……」

「賀斯太太，你好！」沛格太太的問候回答了我的問題。

「你聽說最近的事嗎？」賀斯太太說：「昨晚換迪客農場了，所有的鴨子都不見了，連一隻都不剩。」

大概是狐狸吃掉了那些鴨子吧，真糟糕。不過這種事在附近一帶可說是稀鬆平常。

「他們相信馬匹是從後側被襲擊，留下一個血淋淋的傷口，大家都說那是咬痕啊。」

「咬痕？」沛格太太驚呼：「老天啊！」

我忽然豎起耳朵認真聆聽，梅西也一樣，我感覺得到一旁的她緊繃起來。我們都曉得史威村村民最愛嚼舌根，聊天氣變化，聊伊甸宅邸，聊誰家生孩子、誰結了婚或是誰進了墳墓。可是關於咬痕？在馬屁股上？這件事現在有趣多了。

店門鈴鐺又響了，有裙襬摩擦的沙沙聲和籃子碰撞的喀噠聲。咚、咚兩聲，某人走下階梯朝我們而來。

梅西猛戳了一下我的胸口。「是他。」

我點點頭深吸一口氣，準備開口。賀斯太太卻搶先一步。

「瓦頓先生。」她說：「終於見到你了，真是榮幸。我想你在大房子裡都安頓好了？」

瓦頓先生？所以這位陌生人有名字，還不是當地人，她說的「大房子」顯然是指伊甸宅邸。

「聽起來他就是那位科學家。」我對梅西說。

我的音量一定比我想像的更大聲，因為賀斯太太突然注意到我們。「噢，這是艾普比家的女孩們，她們常和馬修斯小姐玩在一起。」

我緊張的拉低帽子。「你好，賀斯太太。」

接著是短暫的詭異沉默，她說了聲簡短的「你好」後，便側身走過我們身旁。

「她根本沒看小貓一眼。」佩琪不可置信的說。

「親愛的，別在意。」沛格太太低聲說：「現在你真的得讓我過去了。」

她緊接著離開。我站在原地，強烈的意識到我們剛剛被排擠。聽到瓦頓先生輕咳一聲，我嚇得跳起來，因為我以為他也離開了。

「所以，你就是艾普比家的女孩是嗎？」他問。

我點點頭。

「先生。」我說，想起我必須問的問題。「你剛剛就在我們媽媽的墓前。」

咚。

一個又小又硬的東西打中我的膝蓋，我盡可能忽略它，繼續往下說：「先生，你認識我媽媽？只有這樣……」

咚。

我咬緊牙齒。

咚。

刺痛的感覺讓我很不耐煩。我正在盡我所能問重要的問題，某人卻朝著我丟石頭，只瞄準我。

梅西低聲咒罵幾句，沒有任何警告，她就在我耳邊開始大吼大叫，「伊薩．布萊克！你躲在橡樹後面一點用也沒有！我知道是你，你這小混蛋！」

「幫幫忙，我的耳朵要聾了！」瓦頓先生喝斥。

我不只被梅西的吼叫聲嚇到，她的話也讓我很詫異。

「你和伊薩還沒變回朋友？」我問她。我以為他們早就和好了。

「才不要，壓根別想。」我在腦海中描繪梅西板著臉雙手抱胸的畫面。「他想在我們之間挑起爭執，莉琪，我才不吃他這套。」

「或許他不是真的有意……」

咚。

「為什麼那小子一直丟石頭？」瓦頓先生問。

我聳聳肩，雖然我直覺伊薩是在拿我開玩笑，這讓我氣得發燙。「他是村莊的害蟲，先生。」

「他是一隻半點用都沒有的懶蟲，那就是他。」梅西補上。

我的袖子突然被扯了一下。「莉琪，可是伊薩正在對我們揮手。」佩琪說。

「啊哈！」梅西忿忿的哼了一聲。

我推開佩琪要她安靜，因為我希望瓦頓先生會同情我們，會願意把伊薩從他的藏身之處抓出來，賞他幾個耳光。這樣，我們就能排除任何干擾，真正開始討論在墓園發生的事了。

「你可以叫他住手嗎？」我說：「還有麻煩你，先生，你為什麼會出現在墓園？」

「那就祝你們有美好的一天。」瓦頓先生回答，彷彿他沒聽見我說的話。當他離開時，礫石路面被踩得喀喀作響。

「先生！等一下！可以請你……」我的聲音逐漸轉小。

他早就離開了。

「他真幫了大忙。」我咕噥道。

咚。

一個石子「砰」一聲敲中我的前額。我受夠了，心中生起一把火。

「我知道是你，伊薩．布萊克！你真是隻蠢豬，你明知道我不能反擊！」我大聲嚷著。

梅西也加入。「你可真大膽，伊薩！別想在這件事之後來找我講話！」

「但是你們看，他在向我們比手勢或在招手，好像是想告訴我們什麼。」佩琪說。

我連半個字都不相信，連一分鐘的猶豫都沒有。

「沒事，他離開了。」終於佩琪說。

我喘了口氣。

「謝天謝地。」梅西咕噥著。

「莉琪，可是那個人……」佩琪停住。

「那個人?瓦頓先生?」

接著是一陣沉默。

「我看不到你是不是在點頭,佩琪。」

「對,那個人。」她聽起來十分嚴肅。「我認為關於他是科學家的事,你的說法完全沒錯。你找到的釦子就跟他斗篷上的一模一樣。」

「我也注意到了。」梅西表示同意。「見過他的村民都說他高得嚇人。」

「而且他真的很高,高得像……」佩琪思索著適合的字眼,「一個巨人!」

我發出緊張的笑聲。「蛤,一個巨人?那他是不是大手大腳,臉上長滿痘子?」

「別說了。」佩琪開始咯咯笑,梅西也是。但我沒辦法真的開心起來,我唯一想到的是,瓦頓先生站在媽媽的墳墓邊抄寫東西。假如他真的是伊甸宅邸的科學家,他想從媽媽那裡拿到什麼?

或是從我們這裡?

我毫無頭緒。

12

我們到村莊的經歷揭露了一個不愉快的事：從今以後的生活不會容易。事情不一樣了，我也不一樣了，史威村的村民讓我充分感受到。

「一定會有討論。」當我告訴爸爸時，他表示：「你從可怕的意外裡活下來，村民很好奇。」

「他們最好對那個叫瓦頓先生的人多點好奇心。」我說：「他是外地人，卻來拜訪我們媽媽的墳墓。」

爸爸疲憊的長嘆一口氣，聽起來像是人們不太相信你時會發出的那種嘆息。

「是真的。」我說：「佩琪看到他了，梅西也是。」

「沒有法律禁止人們到墓園，莉琪，更何況我現在替瓦頓先生工作，或許他只是想對我們表示他的同情。」

可是我不怎麼喜歡別人的同情，尤其是來自陌生人，他讓我覺得自己被憐憫，而憐憫讓我恐懼，因為我會被迫想起我所失去的一切。哀傷早已緊咬著我不放，如果我放任它的話，它會將我吞噬而盡。

接下來幾天我都待在家。外出冒險似乎沒有多大意義，我只會被人打量，或成為伊薩和他石頭的攻擊對象。而事實是，我信心動搖，並且非常沮喪，沮喪到我甚至不想著裝。但是躲起來對事情沒幫助，只會讓生活無聊鬱悶。所以當梅西順道來訪時，我快速套好連身裙、綁好頭髮，第一次覺得我已經準備好面對整個世界——或至少是面對梅西。

「想散步嗎？」我說，在她有機會進來前，我綁上披巾。「只會有我們兩個人。」爸爸為了木匠的工作出門，也一併帶上佩琪。這是個難得的機會，少了她黏著我們。

「好啊，但不要去史威村。」

「對，不去史威村。」

我們在這點上達成共識。

於是我們步出大門後，向左轉往主街道耐思路走去。一開始的路面崎嶇難行，我必須非常專心，梅西勾著我的手，帶我避開小水窪和馬車駛過留下的坑坑洞洞。一走上主街道後，地面變得平穩，我們的步伐也輕鬆許多。這又是一個太陽沒露臉的寒冷日子，但新鮮空氣有助於我提振精神，梅西餵我吃的甘草糖也是，它們甜得讓我牙齒發疼。

她突然冒出一句話，「這一次是母雞。」

「母雞？」

「莫里森太太的雪花母雞，十四隻全不見，連根羽毛都不剩，這是我聽說的。」

我的腦筋轉了一會兒才了解。「前幾天迪客農場的鴨子不是才不見嗎？還有一隻馬被咬？」

「是的，沒錯。」

我把空著的手塞進口袋裡。「那應該是有一隻餓到不行的狐狸，如果要我說……」我頓住，「噢。」

我在口袋裡摸到一個冰冷堅硬的小東西。我想起來了，那是瓦頓先生掉在媽媽墳前的銅釦，它給了我一個點子，一個可能讓事情明朗，也讓我向自己證明我仍是很勇敢的好點子。

「往伊甸宅邸是走這個方向，對不對？」我說。

「是的，大概再走半哩路。我聽說，瓦頓先生今天把更多東西搬進去，有水管、繩子、瓶瓶罐罐和一捆捆電線。」

這聽起來非常有趣。

「想靠近看一下嗎？」我問。

梅西停下腳步。「什麼？走進伊甸宅邸？」

「不，不是進去房子。」我從口袋掏出釦子拿給她看。「只是到前門歸還東西罷了。」

「噢，你這狡猾的傢伙！」她嗓音中的欽佩之意告訴我同意了。

走到史威丘山頂後，我們從主街道岔進一條小徑。我記得小徑上林立的高大樹木，枝幹在空中交織成拱狀。伊甸宅邸離這裡只有短短幾百碼，從樹梢間可以望見宅邸的屋頂。

「你看到房子了嗎？它看起來還是像一棟城堡？」我問。

「還是很像。」梅西說，嗓音有些顫抖。「我打賭屋頂上有大砲，事實上，說到這裡，屋頂上的確有個東西，我很確定它以前不在那裡。」

我感到一陣興奮。「是什麼？」

「看起來像是旗杆之類的，但上頭沒有旗幟。」

這聽起來沒那麼讓人興致高昂了。

「走吧。」我挽起她的手臂說：「讓我們看看瓦頓先生在不在家。」

幾分鐘後我們抵達了大門。

「這就是了。」梅西說：「伊甸宅邸。」

在我腦海中，我看見了大門旁的灰色石柱，上頭刻有鳥的圖案，媽媽曾經告訴我那是鳳凰。「這些鳥象徵希望。」她說：「故事裡的牠們從火焰中升起，只為了闡明，就算所有東西都遭摧毀，生命還是能重新開始。」

當時我不懂她的意思，現在我仍舊不太確定。沒有媽媽的生活充滿我不了解的事，其中一件就是瓦頓先生出現在她墳墓前。

這時梅西說：「噢，我沒預期大門會敞開。」

「只是讓我們進去變得更容易。」我表示。

梅西猶豫了。「但這裡看起來不怎麼歡迎訪客。」

「這裡從來沒有。」我提醒她：「走吧。」

我們沿著車道只走了幾碼，後頭就傳來喀噠喀噠的馬蹄聲，剎那間聲音越來越響亮，還伴隨著馬的呼氣聲和韁繩的拍打聲。梅西忽然撞到我，手腳打結成一團的我們往旁邊一跌。從潮溼的惡臭味來說，我猜我們掉進水溝了。

馬車噠噠的駛過，距離近到我能感覺全身骨頭在晃動，馬車駛離後，只剩下滿滿的沙塵卡在我喉嚨裡。

「他可能會害我們被撞死！」我說，掙扎著爬起來。「梅西，你還好嗎？」

一旁傳來樹葉掉落的沙沙聲，她站了起來。「還活著。」

我們快速梳理一番後再次出發，但這次更為謹慎。我忘記伊甸宅邸的車道相當短，一彎過下個轉角就會抵達車道終點。我現在想起來，宅邸的石階和高大前門就在前方不到二十碼處。

「別讓他們看見我們！」梅西噓聲說：「還不行！」

「為什麼不行？」

什麼解釋也沒說，她就把我推進似乎是灌木叢的地方，再擠進來待在我身邊。

我有一點不悅。「我們在幹嘛？為什麼要躲起來？」

我們現在離房子非常近，我能聽到說話聲和馬銜鐵的叮噹聲。當我試著起身時，卻被梅西再次一把拉下。

「剛剛那輛差點撞死我們的馬車停在屋外。」她說：「他們正在卸貨，待在這裡一分鐘，好讓我們瞧瞧馬車載了什麼。」

「但我是要來和瓦頓先生說話。」

「噓！這可能很有趣。」

我不情願的嘆口氣，跪坐回腳跟上。「好吧，你看到了什麼？」

「在後座的每樣東西都被蓋住。」梅西用耳語說：「不，等一下，布要掀開了……」

「下面是什麼？」

「很多木箱子，它們有蓋子和……噢，有個僕人剛打開一個……」

我的胃糾結了一下。「裡面是什麼？」

「他正在把東西拿出來，還舉起來檢查有沒有破掉。它們看起來像是裝了東西的玻璃罐。」

我傾身往前。事情越來越有趣，卻也越來越讓我生氣了，因為我能看到的只有影子和光線。

「什麼樣的東西？」我追問：「醃黃瓜？果醬？」

「別這麼諷刺，莉琪，我已經盡全力了。」

「抱歉。」

當梅西開始形容時，我的腦袋頓時充滿畫面。卸下車的箱子被抬到前門階梯和屋子裡；根據梅西的說法，大小形狀不一的罐子有藍色有綠色；還有一捆捆的電線、石製容器和一個看起來裝滿工具的板條箱。

「好了，看起來那就是全部的東西，」梅西說著，一邊起身。「我們去找你的瓦頓先生吧。」

房子那頭傳來一聲東西撞擊的巨響，那絕對是玻璃碎裂的聲音。

「噢，天啊！他們摔破了什麼？」我問，一邊想像藍色和綠色罐子的碎片散落在階梯上的畫面。

我感覺到身旁的梅西僵在原地。「那個不是箱子，是其他東西。」

她緩緩吐出一大口氣。

「告訴我！」我說。

「這不可能，是真的嗎？」

這簡直讓人難以忍受。

「你最好告訴我，梅西．馬修斯，不然我發誓我……」

她抓住我的手臂，力道大到讓我立刻安靜下來。「他們把一個箱子摔到地上，是個玻璃箱，裡頭的東西像某種動物標本，我說不上來，但看起來像一隻巨型大狗。」

「一隻狗？」

「大概是瓦頓先生的寵物吧。」

我有一股壓抑不住想放聲大笑的衝動，也可能是因為緊張。總而言之，關於瓦頓先生的這件事讓我深感詫異，這麼說來，他不只是神祕的科學家，甚至還很重感情的將他養的狗做成標本。

「噢，不，他在這裡幹嘛？」從梅西說話的方式，我能猜出是誰還出現在現場。

「梅西，是誰啊？」

「伊薩・蠢豬・布萊克。但沒關係，他們要他退開一些。」

「很好，他們絕不會想看到他把碎玻璃全踩在一雙大腳下。」

而且，如果伊薩膽敢再對我扔石子，這次我會給他應得的報應。

「哎呀。」梅西說：「伊薩可帶了一大群豬來這裡。」

「什麼意思？」

「他正把一隻大豬的屍體交給其中一位僕人。」

現在的確合理了，因為伊薩家是豬農和屠夫，他們提供了村裡大部分的肉品。

「或許瓦頓先生喜歡吃培根當早餐。」我說。每過一分鐘，我就越來越了解他。

「你會覺得他至少會希望豬肉被剁好吧，但豬鼻子和豬蹄子都還在。」梅西回答：「等一下，為什麼那個人把豬大老遠的帶去那裡？」

「去哪裡？梅西，告訴我！」

「他轉進馬廄旁的一條路，離伊甸宅邸越走越遠。」

我聳聳肩。「或許他們在那裡有個放肉的倉庫。」

是有這個可能。

我也開始意識到，這些肉很可能根本不是給瓦頓先生的。

13

雖然我們對神祕的瓦頓先生已經略知一二，可是我們還沒完成到這裡的任務。

「我要去敲門，把鈕釦還他。」我說：「而且他那天還沒回答我的問題，我要問他在墓園裡做什麼。」把死去的寵物狗做成標本的這件事，雖然流露出瓦頓先生溫和的一面，我仍不相信爸爸說他只是到墓園致哀。

走在車道的最後一段路，我緊抓著梅西的手臂。以前我從沒有在如此氣派的前門敲門過，我的胃緊張得直翻攪。但一路上沒人擋下我們盤查來訪的目的，這個地方安靜得出奇。

「其他人去哪了？」梅西問。當我們快走到階梯時，她驚呼，「噢！」

一陣匆忙的腳步聲朝我們而來。我聽到「砰」一聲，緊接著某個東西或某個人「咚」的摔在石子路上。

「我的天啊！」梅西大叫：「是佩琪！」

我停下腳步。「佩琪？」

這完全出乎我預料。

「你到底在這裡幹嘛？為什麼你沒跟著爸爸？小心看路。」我補上說：「車道上到處都是玻璃碎片。」

佩琪還沒來得及解釋，就有更多砰砰響的腳步聲朝我們而來，並傳來一個男人怒氣沖沖的聲音。「馬上把東西放下來，你這小混帳！」

另一個男人也加入他。「如果你不立刻放手的話，我會……」

重擊聲、咒罵聲和佩琪的尖叫聲全混在一起。「哎呦！放開我！」

簡直太過分了。

「馬上放開我妹妹！」我大吼，往他們的聲音衝過去。但路面突然下傾，我的腳踝一扭，整個人重重摔倒在地上。

「老天爺啊，另一個女孩！」這個人的聲音聽起來離我很近。「你看，她身後還有一個！」

我猜他們指的是梅西，她現在站到我旁邊。

「快起來！」她輕聲說，一面攙扶我的手臂。

我踉蹌的站起身。

「要保管這個祕密太難了，這一定會馬上傳遍整個村莊！」另一個男人說，然後對著我們。「愛管閒事的小女孩，是吧？你們最好轉身趕快離開，立刻滾。」

「除非你放我妹妹走。」我說。

「非常樂意。」他說。「帶她回家，別再回來。」

我以為佩琪會立刻衝向我，但她沒有。

「他放開她了。」梅西悄聲說：「但她緊抱著那個狗標本不放。」

「佩琪。」我從咬緊的齒縫間說：「你給我立刻過來。」

「他們對待狗的方式是不對的。」她哀嚎：「寵物值得被安葬，不是嗎？」

「那不是任何人的寵物！」他輕蔑的說。

梅西用氣音說：「我以前從來沒見過這麼大的狗。」

當我們走向佩琪時，腳下的玻璃碎片被踩得喀嚓作響。在昏暗的日光下，那個男人看起來像一抹龐大的模糊黑影。

「佩琪。」我說：「求求你，快過來。」

「我不認為她會放下標本。」梅西低聲說道。

我受夠了，顯然那男人也是。

「小鬼，你弄壞那動物的話，你也別想活！」他說。

「從她那裡搶過來。」另一個人說。

隨著驚呼和呻吟聲，我拉著梅西一起往前衝去，有隻靴子踢中我的膝蓋，拳頭「咻」一聲揮過我的耳邊。好幾個人影在我身邊晃動，他們其中一個就是佩琪，我伸手胡亂的又拉又抓，摸到頭髮、袖子、手指頭，還摸到那隻巨狗標本的粗糙毛髮。最後當我摸到一個細瘦的肩膀時，我使盡全力抓住不放。

「不！」佩琪高聲尖叫。「別管我！」

「想得美。」我說：「你得跟我走。」

不顧她拚命掙扎，我用手臂緊抱住她的腰後，更多嘶吼聲響起，更多拳頭在空中揮舞。梅西猛力一扯我的袖子，讓我瞬間失去平衡，我的腳竟然絆到她的裙子，我們三個人全跌成一團，包括我、梅西和在我手臂裡扭動的佩琪。我不知道那個狗標本現在跑去哪裡，但顯然她終於鬆手了。

在我們右側，有一扇門「喀」的敞開，隨即有人走出來，他踏著喀噠作響的靴子走下階梯，然後停下來。

「這裡在搞什麼鬼東西？」一個新出現的聲音說。

我們搖搖晃晃爬起來。

「哎呀。」佩琪小聲的說，一邊牽住我的手。「是那個科學家。」

「現在才害怕有點晚了。」我回答。說實話，我覺得很難為情，這真的不是計畫好的事。

「瓦頓先生，你好。」其中一個人向他報告：「我們出了一點小狀況……」

「閉嘴，傑佛斯。」瓦頓先生厲聲喝道：「把玻璃清乾淨，抬動物進去，我相信另一隻很安全？」

「是的，先、先、先生……按照要求，牠已經在馬廄了，它和先前的貨一起來的。」

「很好。」瓦頓先生喃喃的說：「我們可無法承受更多失誤。」

我猜他指的是玻璃箱，新買一個要價不菲。但我不了解，怎麼會有人想把狗標本放在馬廄呢。

有個人影朝我逐步靠近，光線也隨之變暗。

「啊，艾普比小姐。」瓦頓先生咬牙切齒的說：「是什麼風把你吹來這裡？」他試著保持禮貌，但他不是唯一故作姿態的人。我抬高下巴挺起胸膛，盡可能的擺出勇敢的樣子。

「先生，那天我們看見你站在我媽墳前。你認識她嗎？我只是很好奇你怎麼會在那裡。」我說。

「你媽的墳前？」他發出短促急躁的笑聲。「你誤會了。」

「不可能，先生。在史威村和你長得像的人不多。」

「孩子，我向你保證那人絕對不是我。或許是你該回家的時候了。」

不過，我不打算這麼輕易就被打發走，況且我明明知道他在說謊。

「你離開後，我在草地上發現一枚鈕釦。我相信那是你的東西，先生。」當我伸手進口袋裡翻找時，手指開始發抖，我在角落摸到麵包屑和一點點乾草，那顆鈕釦卻憑空消失了。

我出於直覺向下張望，心想它一定是我和佩琪拉扯時掉出來，但眼前只有灰濛濛的一片黑影。我永遠不可能找到銅釦，即使是視力沒問題的梅西或佩琪，也不可能在礫石鋪成的車道上看到，更何況是瓦頓先生正站在我們身後，我們的脖子甚至感受得到他呼出的氣息。

「所以這顆鈕釦在哪裡？」他問。

「看起來……」我輕咳一聲。「被我弄丟了。但我發誓之前它真的在我這裡。」

「沒錯，我也看到了。」梅西趕緊補上。

我感覺到瓦頓先生凝視我的目光。「艾普比小姐，我被弄糊塗了，你為什麼來這裡呢？」

「先生，是要把鈕釦還給你，還有問你出現在墓園的原因。」

「可是你沒有任何鈕釦，而且我已經向你保證我沒去過墓園，所以你顯然是在浪費時間。」

我不同意。畢竟，我剛目睹了他的馬車在卸貨，有一整隻死豬憑空消失在不知通往哪裡的小徑上。看來，瓦頓先生是個嗜好詭異的怪人，我對他越來越懷疑。

「我有正事要做，所以麻煩請你離開。」他說。

我感覺到他靠得更近，趕緊向後退一步。

「如果你打算再來登門拜訪，」他的嗓音變得低沉又帶有恐嚇意味，「提醒你，這棟房子的事情跟任何人無關，這是私人的機密工作。而你……」他似乎正在對佩琪說：「如果這隻動物有任何損壞的話，你會為此付出代價，夠清楚了嗎？」

我把佩琪拉進懷裡，手臂緊抱住她的胸口。

「我妹妹不是故意的，先生。」我說：「沒必要嚇唬她。」我感到強烈的不安。

「你知道那是什麼動物嗎，艾普比小姐？」

「怎麼了？那是一隻大狗。」

他發出一陣不懷好意的急促笑聲。「事實上，那是一隻超級大狗。如果牠造成傷害的話……」

「但這隻狗死了。」我打斷他。「牠會造成什麼傷害？」

梅西大概是看見他臉上的表情，因為她開始拉扯我的袖口。

「我們現在要離開了，祝你今天愉快。」她說。

可是這太遲了，從前門的方向傳來更多腳步聲，還有一個我再熟悉不過的聲音。我早該意識到，如果佩琪在伊甸宅邸，那是因為爸爸也在這裡。

「瓦頓先生，我還有另一個關於工作檯的問題。你會希望是……」爸爸頓住。

我想像他眼裡會看到什麼景象：滿地的碎玻璃、一個摔壞的玻璃箱，僕人傑佛斯手忙腳亂的打掃，還有我、佩琪、梅西，我們三個被付薪水給爸爸的人怒聲斥責。

「我不是故意要跑走，爸爸！」佩琪叫嚷著：「我知道你叫我在庭院等，但是馬車停在那裡，我只是想要瞄一眼。」

雖然她拚命想掙脫開跑向他，我卻牢牢抓住她。這次她不能找藉口輕易溜開了。

爸爸押著我們回家的路上，一個字也沒說。我們之間的沉默尖銳得像是狗標本身上的毛髮。當我們沿著耐思路走回去時，梅西在我耳邊說人們正在打量我們，這根本無法使我打起精神。

我們把梅西送走，回到家關緊大門後，爸爸開始大發雷霆。

「你們這對白痴！你們以為你們在做什麼？」

我們兩人都沒回答。

「很好，我猜瓦頓先生不會再叫我去工作了，真是謝謝你們兩個。」

「但是爸爸，」我說：「我們只是……」

他一拳重重打在桌上。「安靜！你們真讓我感到丟臉。聽到我說的嗎？」

佩琪哭了起來，這是第一次沒人安慰她。

我突然發現他說話變得很不一樣，充滿了怨恨和憤怒。這些日子以來，他都是用同樣的語氣和我們說每件事情。

「佩琪，我明明叫你在外頭，等我和瓦頓先生說完話。但是莉琪，你到底在那裡搞什麼？」爸爸問。

我低頭向下看，不管我接下來要說什麼都聽起來很愚蠢。「嗯……我想問瓦頓先生……某件事。」

「該不會又和墓園有關，是這樣嗎？」

我聳聳肩。「大概吧。」

「看在老天的分上，他有權利出入公眾場所，不是嗎？」

「嗯，但他讓我全身起雞皮疙瘩。」我低聲說。

「瓦頓先生正在做重要的科學工作，試著要找出電能應用在哪些突破性的新領域。他的研究就快成功了，著實了不起。所以說，與其想理由去討厭一個你根本不認識的人，倒不如想想這些事。」

「電？怎麼做？」我藏不住好奇心。「就像是其他科學家發現電能點亮燈泡之類的嗎？」

「沒錯。但瓦頓先生說他的研究會有更突破性的貢獻。你知道嗎，他有遠大的計畫，有一天當他成為名聞世界的科學家時，我們會很驕傲，能有他做我們的鄰居。」

我不確定最後那部分會不會成真。即便如此，我還是很好奇，瓦頓先生究竟在伊甸宅邸裡做什麼？為什麼他的工作是最高機密，還能保證為他贏得世界級的名聲？

「莉琪，那個男人是天才，會付我薪水的天才。你怎麼看待他一點也不重要。」爸爸說：「所以管好你自己，可以嗎？」

這對於一個因雷擊而失明的女孩來說，說的比做的容易。

14

隔天晚上我從睡夢中驚醒。皎潔的月光照進窗戶，讓每樣東西都變成朦朧柔和的灰影。媽媽總是說滿月會讓她睡不著，但那不是驚醒我的原因。外頭傳來桶子被撞倒的哐啷聲。我用手肘撐起身體仔細聆聽。鵝群正發出低沉刺耳的嘎嘎聲，那代表牠們感到不安，有東西在我們的後院。

我第一個想到的是狐狸。

我驚恐的意識到我做錯了，我忘記把鵝關進穀倉了。

我跳起身衝向樓梯，卻沒踩穩第一個階梯，我向前一撲，手肘、肩膀、雙腳撞著牆壁，一路直滾下樓。我重重的摔在石板地上，幾乎喘不過氣來。

這真是個笨點子。

可是真正讓我挫折的是，我隨時需要另一個人的協助。就像現在，我一邊爬起身，一邊朝樓上叫爸爸。我聽到從天花板傳來，他咳嗽和翻身時床板晃得嘎吱作響，但他沒有醒來。

我試著呼喚佩琪。「快下來！我需要你！」

當我穿上靴子時，還是沒人醒來，雖然外頭有東西哐啷落地，而鵝群嘎嘎慘叫。如果我還有機會能救牠們的話，只能靠自己出馬了。一找到後門，我便逕自推開。

我立刻就知道了，那不是狐狸。四周沒有難聞的臭味或拍翅垂死掙扎的鵝，甚至也沒有打鬥聲或嘶嘶叫聲。我的心跳得非常快。

月光讓我們的庭院像白天一樣明亮，或可能是劃過天際的那顆彗星，它帶給我一股熟悉的恐懼感。我小心翼翼的在石子路上向前摸索，接著在左邊，我聽到草叢裡一陣沙沙聲。異常的大聲，那東西應該比一般狐狸更龐大。我認為那是一個人。

我知道我應該回屋內叫醒爸爸，但沒時間了。我跨了五大步走到草叢旁，使勁往裡頭一踢。「不管你是誰，快出來！把我的鵝交出來！」

沙沙聲頓時停止，緊接著傳來劇烈的撞擊聲和快跑的腳步聲。某個人縱身一跳越過草叢，跳到外頭的小徑跑走了。

我完全想不出來那到底是誰，但很確定的是他們很高大——差不多像爸爸的身材，而且毫無疑問的更為魁梧，才能把我的鵝群夾在手臂下擄走，或扔進麻布袋裡背在肩上。

我真是瘋了，才會認為自己應該追在他們後頭。我根本不曉得我尾隨的是誰，或萬一我追上他們後會發生什麼事。可是我想要回鵝的念頭太強烈了，呆站原地不知如何是好的感覺更糟，我必須採取行動。

一找到大門後，我推開門閂，試著忽略那爬滿四肢的恐懼感，只要我沿著道路筆直向前走，並避開溝渠，我就會平安無事。

我的雙腳緩慢卻堅定的往前邁步。

沒有佩琪幫我帶路，也沒有梅西或爸爸幫忙，我只有孤零零一個人。我幾乎忘了自己獨立完成一件事的感覺，我把注意力集中在排山倒海的恐懼中夾雜的一絲興奮，不管是誰偷走了我的鵝，我都要盡全力找出他們。三更半夜的時間或許會讓事情更棘手，但至少沒有任何村民還醒著，會看到我笨拙的嘗試。

走上坎坷路後，我向左轉朝著村莊的方向走。直到那時，我才聞到一股氣味，清淡幽微，一下子就消失了。

它不像狐狸的氣味刺鼻，聞起來像是一隻全身溼透且沾滿泥巴的狗，又像是森林和被雨水打溼的落葉。不管是誰散發出這股氣味，他都曾躲在我們家的草叢裡，這讓人非常緊張。

小徑本身相當陰暗，我盡可能提起膽量全速往前走，全神貫注的用雙腳探索路面。途中我不時跌倒。最後在小徑往左彎向村莊綠地時，我再次聞到了，一股混雜雨水、溼漉毛髮和腐朽樹葉的氣味。另一波恐懼湧上心頭，我意識到，這個氣味更像是來自動物而非人類，我不禁開始懷疑，究竟我跟蹤的是不是人類。

前方就是村莊綠地，遼闊的草原在月光照射下變成一片銀白。詭異的氣味逐漸消散，我反而聞到一股又甜又鹹的青草味。我往前走了幾碼，但沒聞到任何氣味或聽到任何聲音，這個人——或東西——憑空消失了，我只感覺到龐大黑夜向我席捲而來。

我告訴自己要勇敢，已經走了這麼遠，現在不是放棄的時候。我想起了媽媽，還有她如何在情況變得艱困時依舊堅持不移。如果我夠專注聆聽，還是能在腦海中聽見她的聲音，激勵我繼續向前。

現在我必須決定接下來要往哪裡走，幸運的是教堂正好敲響一刻鐘，所以我知道教堂在我的右側，這代表郵局和梅西媽媽烘焙坊所在的主街道會在左側，那正是我決定要前往的方向。

不過才走了幾碼路，我又聞到一絲如樹葉般的詭異氣味，隨著我前進，氣味也越來越強烈。不久後我經過郵局，在黑暗中隱約可見它聳立的灰影；當我的腳踢到石子時，我知道我已經到了左轉進磨坊路的路口，這裡的氣味非常濃烈，我的心開始怦怦狂跳，終於追上了一路跟蹤的對象，我只希望鵝群也會出現在附近。

往下傾斜的磨坊路通往河流，石頭屋猶如一朵朵依附在樹上的菇類，緊貼著筆直陡峭的坡面林立一排，我必須要沿路扶著牆面才能稍微踩穩腳步，與此同時，我張大耳朵留心鵝群的嘎嘎叫聲，但讓我吃驚的是，從街道底端傳來高亢焦躁的說話聲。隨著我走近，我注意到點點亮光——是那種從燈籠綻出的閃爍搖曳光芒——我快速隱身進陰影處。

「這惡魔怎麼逃出來的？」說話的人是瓦頓先生。

我試著正常呼吸，但現在從胸口傳出的撲通聲，卻響亮到我確定他隨時都可能聽到。

「先生，我們將柵門關緊。」一個男人說。聲音聽起來很耳熟，或許他是在伊甸宅邸和我們扭打的其中一位僕人。「我們必須要非常謹慎，不然會讓那些馬匹陷入危險。」

馬匹？危險？

我想起昨天他們提到了第二個狗標本，它已經先被他們放進馬廄裡。但是死掉的動物怎麼可能會對馬匹有威脅呢？

「你有照我們說好的餵飽牠嗎？」瓦頓先生問。

現在我覺得更困惑了。

「一整隻豬，先生。」僕人回答：「吃得什麼也不剩。那個村裡的男孩每天都會把豬運來。」

「我真的想不通為什麼……」

一個新的聲音打斷他。「噢，閉嘴。」說話的是個女人。「這個……情形……是為了要狩獵，不是因為饑餓。」她說：「你們一定要了解我們處理對象的天性。」

「恕我直言，我想……」

「你顯然沒有動腦想，瓦頓先生。」她說：「不然我們現在就不會在這裡討論了。」

沒人回話，沒有任何答覆。我根本不知道伊甸宅邸裡有個女人，聽起來也不像是女傭。不管她是誰，她都狠狠的教訓了瓦頓先生，我不禁深感佩服。

「嗯，我相信牠曾經過這條路。」瓦頓先生終於開口說：「你看。」

他似乎正戳著某個噗嗤作響的溼軟東西。

「死了嗎？」僕人問。

「死透了。」那女人說：「那邊還有更多屍體，看到牠們的內臟全被吃光了嗎？狐狸頂多會咬斷牠們的頭。」

我突然意識到他們指的是什麼，我不安的嚥下口水。

「感謝老天，那只是一隻鵝。我們未來一定得更小心。」她說。

只是一隻鵝？如果那是其中一隻我養的鵝，牠可是有名字、有個性的。隨著恐懼感越來越強烈，我不禁懷疑起到底是什麼東西闖進我們的庭院，還抓走了每一隻鵝。

「幸運女神此刻正眷顧著我們。」瓦頓先生回答：「村民們開始把矛頭指向艾普比家的女孩，她特別喜愛別人養的動物。」

佩琪。

驚慌之中，我用手摀住嘴。他們正在討論我的妹妹，這件事變得越來越離奇費解了。

「艾普比？她是那位閃電女孩，對不對？」那女人問。

「是的。」

他們搞錯了。佩琪沒有被閃電擊中，那是我和媽媽。

「那就說不上是幸運了，你這笨蛋！」那女人啐道：「這會造成很多麻煩，我們最不希望的就是有更多人注意到她，或注意到我們。」

我的思緒全糾結成一團，腦袋混亂得隨時會爆炸。但我猛然一震，回想起瓦頓先生出現在媽媽的墳前，那一天他也在郵局外以艾普比的姓氏認出我們，還有他對銅釦的事情撒謊。

我對他的第六感一直以來都是對的。他是有預謀的，而且似乎對我們特別感興趣，問題是為什麼。

腳步聲沿著上坡朝我走來，瞬間說話聲變得十分靠近，躲在陰影處的我把身子縮得更低，然後屏住呼吸。

三個或四個人經過，距離近到我能聞到他們靴子的皮革味，還有另一股刺鼻的化學臭味，聞起來像是爸爸用的亮光漆。等他們走出一段安全距離後，我又恢復呼吸。

這時……

有個人回頭朝我走來，一盞光突然打在我臉上，我向後退。

「你不打算放棄嗎？」瓦頓先生低聲在我耳邊說。這次沒有「艾普比小姐」，沒有假裝禮貌的問候。

「我……我在……」我鼓起胸膛想好要說的話。「我正在找我的鵝，沒有任何規定禁止我這麼做。」

「忘了你那群笨鵝，你剛聽到多少我們的對話？」

「什麼也沒有。」我撒謊。

「你看到了什麼嗎？」

「沒有！當然沒有！」我很吃驚他竟然這麼問。

在街道的另一端，那個女人正朝著他喊。

「噢，快跟上，瓦頓先生！還是你希望我今天一整晚都不用睡覺？」

他離開了幾步，接著又回頭。

「給你一個警告。」他說：「如果這件事曝光，我會知道走漏風聲的人是你，到時候你會為此後悔。」

我聞到另一股氣味，是從他身上像蒸氣般散出的恐懼。

15

當我有機會告訴爸爸昨晚的事時，卻已經太遲了。一大早我就被某個不熟悉的聲音吵醒，昏昏沉沉的翻過身，那個虛弱的貓叫聲，從佩琪那一側的床上傳來。

「噢，不。」我哀嚎著，想到昨晚瓦頓先生提到佩琪對動物很著迷。「告訴我，在你那裡的不是一隻小貓。」

「我必須這麼做，莉琪。」佩琪興奮的說，她已經完全清醒。「我和爸爸到伊甸宅邸的那天，我們也進了村裡，沛格太太和她的小貓們在店裡……」

「你說服她讓你帶走一隻。」我幫她說完。「所以你已經養了牠快兩天，卻沒跟任何人說？」

佩琪喉嚨發出「嗯」的咕嚕聲。

「你把牠藏起來？怎麼做？」

但她其實不需要回答，這幾年來佩琪常在房間裡偷藏小動物，那是她的專長。

沒有預先警告，一小團毛茸茸的貓毛就貼上我的臉頰。

「摸摸牠。」佩琪說：「牠叫史派德，因為牠已經吃了兩隻蜘蛛了[2]。」

我沒辦法生氣，尤其當小貓咪史派德摸起來就像小鵝般柔軟。怪不得佩琪無法拒絕牠，畢竟我們經歷了這麼多事情，她值得養一隻寵物好好愛牠。

「所以說，牠是那隻你愛上的小虎斑貓囉？」我問，一邊搔著牠的耳後。

「不是，牠是一隻有白色貓掌的小黑貓。沛格太太有很多像牠這樣的小貓，我不認為她會發現牠不見了。」

我停下搔癢的動作。「你什麼都沒問就帶走牠？」

「沛格太太不讓我在沒經過爸爸同意前帶走一隻，但他那時候在郵局，其實我正準備好要跟他說……」

「但是你還沒。」

「我會。」佩琪堅持。「總之，我等沛格太太說完那些失蹤的母雞等了好久，但她嘰哩呱拉說個不停，最後我只好自己來了。」

2 蜘蛛的英文為spider，故取名為「史派德」。

「你的意思是，你偷了史派德。」

「不，我沒有。」佩琪氣急敗壞的說：「她才不想要小貓，我只不過是幫她的忙，是真的。」

「沛格太太不會這麼想。」村民勢必會對此事說閒話。昨天聽到瓦頓先生的話後，我不認為這件事會改善任何狀況。

在我繼續說下去之前，後門傳來一陣敲門聲。天根本還沒亮，我有一種不祥的預感，無論門外是誰，他絕對不是為了好消息而來。爸爸應了門，我匆忙爬下床，緊張的守在樓梯頂端。

「你怎麼在這種天氣來訪呢？」我聽到爸爸說，因為現在還冷得發凍，雨下得正大。

佩琪走來樓梯口加入我，她將昏昏欲睡的腦袋瓜倚在我的肩上。

「是誰啊？」她問。「他們想做什麼？」

「噓！我正在聽。」

爸爸的語氣改變了。「漢斯先生，我實在看不出這件事和我們有什麼關係，我們絕對沒偷走任何人的家禽。」

我向前摸索佩琪的手，找到後，緊緊握住她。這正是瓦頓先生說的：村民懷疑佩琪偷走牠們的牲畜。這簡直是一派胡言，荒謬至極。

「發生什麼事？」她困惑的說：「他們不是來找史派德吧，對不對？」

我搖搖頭。「以防萬一，藏好牠吧。」

把史派德安全的藏在房間後方後，我們躡手躡腳的走下樓，在中間一階樓梯停下來，並肩並肩的坐好。我很擔心漢斯先生接下來會說什麼，但我不能錯過。

「很抱歉必須要講這種話，傑德。」漢斯先生說，聽起來毫無抱歉之意。「但事情發展得不可收拾，我們必須採取行動阻止這些攻擊。」

外頭唏哩嘩啦的雨聲更大了。漢斯先生仍舊站在門階上，他一定全身被淋溼，可是爸爸沒有開口邀請他進門。

「你打算怎麼處理這件事？」他問。

「如果可以，我們希望搜查你的穀倉。」漢斯先生說。

他大可以試試看，我忿忿的想著，但他不會在穀倉裡發現任何東西，甚至連我們的家禽也沒有。昨晚撞見瓦頓先生後，我更確定是誰或是什麼生物才是真正的罪魁禍首。

「傑德，你該知道，」漢斯先生發出緊張的笑聲，「我直接切入重點吧，你知道自從……嗯……自從你們家出事後，村民一直在討論。」

爸爸稍稍挪動雙腳。我想像他雙手抱胸、板著一張臉的畫面。他不喜歡吵架，但我知道必要時他會這麼做——這讓我更緊張了。

「不是所有人。」爸爸說：「只有那些因為我們的不幸，而一心想指責我們的人。」

「嗯，這樣啊。」漢斯先生快速說下去，「我們今天來是為了失蹤的家禽，有母雞、鴨子……」

「還有鵝。」我站出來，無法再繼續保持沉默。「我們的鵝昨晚被偷了，漢斯先生。你到這裡來把錯都推給佩琪是不對的，昨晚事情發生時，她正在樓上熟睡。」

「幹嘛，我從未指名道姓說是你妹妹！」他說，聽起來驚惶失措。

他不需要，光是他來這裡的事實就夠了。

「你看到了我們草叢裡的大洞嗎？」我說，心想著昨晚是什麼躲在那裡。「某種生物帶著我們的鵝從那裡逃走。」

「這很難證明，一隻貛也可以做到。」

「貛？漢斯先生，那隻生物非常龐大！」我大喊。

他沒接話，反而再次轉向爸爸說：「所以啊，如果我們能檢查你的穀倉，一切誤會都能解開。」

隨著爸爸轉身離開，門廊的光線變亮了。

「莉琪，你知道這件事？為什麼你不告訴我？」

佩琪的手摸起來溫熱溼黏，她的呼吸聲加快。

「我聽到村民討論的一些事。」我喃喃的說：「但怎麼可能是佩琪偷走所有動物，何況我們的家禽也不見了？」

爸爸沒有回答。

我知道，我應該天一亮就告訴他昨晚的事，我幾乎快脫口而出了。但如果說出瓦頓先生的祕密，我很確定他會來找我算帳，所以那些話全卡在我的喉嚨裡。

佩琪開始啜泣。「爸爸，那不是我。不要管那些人說的，真的不是我！」

「噓，我的甜心。」爸爸說。他走向我們，把佩琪摟進懷裡。「我們知道不是你，這只是個天大的誤會。」

門廊傳來漢斯先生的咳嗽聲，還有外頭的騷動：更多說話聲，更多焦躁不安的咳嗽聲。心裡一沉，我意識到漢斯先生不是單獨上門。

「我和我的人手準備好了，艾普比先生。」他說，並證實了我的恐懼。「我們該從最靠近大門口的穀倉開始嗎？」

沒有「傑德」的稱呼了，只剩下他的姓氏。爸爸一定也注意到了，他緊靠著我和佩琪。

「沒有人能去搜索我的穀倉。」他說：「我的女兒沒做錯任何事，你們來這裡是搞錯了。」

漢斯先生怒氣沖沖的說：「非常好，我今天不能強行搜索。但必要的話，我們會帶著搜查令回來的。」

之後群眾便很快散去，爸爸也準備要出發去伊甸宅邸完成委託的工作。雖然發生了我們上次的事情，他仍想辦法保住了工作。可憐的佩琪依舊很沮喪，她拉著我到最近的一張椅子坐下。雖然她年紀大到不適合這麼做了，但她還是坐在我的大腿上哭得唏哩嘩啦，眼淚直流。

「我沒有這麼做。」她哽咽著。「我沒有偷走任何家禽，大家都把錯推給我，這不公平。」

「噓，我知道你沒有。」

「整個村莊一定恨死我了。但我沒有說謊，莉琪，說真的，我沒有。」

「我知道、我知道。」我在她耳邊輕聲說。

等到她恢復冷靜時，我卻恰好相反，腦袋開始轉個不停。我相當確定有一隻龐然大物逃出伊甸宅邸，襲擊了家禽。我必須不能害怕，也必須把我知道的事情告訴某個人。問題是，我不知道該對誰說。

不是爸爸，他已經說得很明白，他不相信我對瓦頓先生的隨意指控。梅西可能會聽，但她總是管不住舌頭。在這種時刻，我特別想念媽媽，甚至想到心痛。她會願意聽、會相信我，也知道該怎麼做才好，還有足夠的勇氣付諸行動。

佩琪哭得筋疲力盡。雖然隔著衣服，但她的肌膚摸起來仍又燙又溼黏，我希望這不是代表她快發燒了。

「快回床上，抱一抱史派德。」我對她說，一邊把她從大腿上抱下來。「我等一下會叫醒你。」

我聽她拖著沉重的腳步爬上樓梯，踩上嘎吱作響的地板，再鑽進床裡和小貓柔聲說話。屋裡終於恢復安靜後，我站起身。雖然有衣服要洗、地板要拖、爐子要刷，但我什麼也沒做，反而走到外頭。

我低頭避開雨水，走到我們的草叢旁。我只是想檢查一下，好好確認昨晚的事不是一場噩夢。

果然，在附近來回走動時，地上的落葉和斷裂樹枝被我踩得劈劈啪啪。大門口有個破洞，任何一隻貛都無法啃出這麼大的洞來。那隻生物在逃到小徑時，撞斷了山楂樹的枝幹。我伸出手指摸著粗糙尖銳的枝幹斷裂處，空氣中仍殘留著潮溼的詭異氣味。

昨晚出現在這裡的絕對不是我妹妹，甚至不是一個人類。我不禁顫抖的回想起來，那是一隻瓦頓先生不想讓任何人發現的、生吃鵝內臟的怪物。

大約十點左右，我泡了一杯茶要拿上去給佩琪。在我跌跌撞撞上樓時，大部分的茶都潑灑在連身裙上了，但我衷心希望她能喝到杯裡剩下的一些，我們最不需要的就是她生病了。外頭的雨變成了冰霰，我從臥室窗戶就能輕易發現——冰凍的雨滴像小石子似的猛力打在窗上。把佩琪的茶放好在窗臺後，我走到床邊。

「佩琪，快起床囉。」我說。

她沒回應。

「我幫你泡了點茶，小睡蟲。」我說。

她還是沒說話，也沒有移動、伸懶腰或發出打呼聲。我的手在床上胡亂摸索，一開始是靠近窗邊她睡的那一側，接著是我的。史派德在那裡縮成一團，卻沒有佩琪的蹤影，床單摸起來冷冰冰的。

我的胃不安的翻攪，或許她跌下床，然後睡死在地板上吧。我趕緊跪下來，伸手到床底下搜索，卻只摸到一整把的灰塵。我檢查了其餘的地板、房門後面和椅子。

什麼也沒有。

「不要躲起來，」我說：「一點都不好玩。」

我開始覺得非常不安，這不像是佩琪離家出走，而且如果她這麼做，我一定會聽到聲響吧？跌跌撞撞的下樓後，我走去庭院，風把冰霰吹得斜斜直落。

「佩琪？」我大喊，一邊撥開吹在臉上的頭髮。「你到底去哪了？」

腳下滑溜溜的鵝卵石，讓我一腳踩進水窪裡，在泥巴上滑了一跤，卻因此找到前往穀倉的路，穀倉的大門敞開著。

「佩琪，玩夠了，現在出來！快點，拜託你快出來！」

我右邊的乾草堆裡有東西在窸窣鑽動，我屏住呼吸，那東西又動了，非常快速又輕巧——像一隻老鼠，而不像九歲的女孩。

關上穀倉大門後，我背靠著門任由冰霰打在臉上。我不知道接下來要去哪裡找，但我知道一個令人反胃的事實，佩琪不在這裡，她也沒有躲起來。

16

「你的意思是——她跑走了？」爸爸說，我到工作室告訴他這件事。

他乒乒乓乓的放下工具，嘴裡發出咂舌聲，這代表他不是很高興。通常他在工作時，佩琪就是我的責任。我不僅沒照顧好她，還到他的工作室打擾他，這讓我覺得自己毫無用處。

「她不可能走遠。」爸爸說：「她應該還在屋裡某個地方，對不對？」

我感覺到他語氣裡的冷漠，那是一種我沒辦法招架的沮喪。自從媽媽死後，爸爸一直是這樣，而我只是把情況搞得更糟。

「告訴我發生了什麼事。」他說。

「她……她……很沮喪，所以上床休息，現在她……嗯……她不在那裡。」

「可能她跑去洗衣服了，或是要去果園把它們晾乾。」

可是我們都很清楚佩琪不洗衣服，上一次她試著幫忙時，她的連身裙縮水成洋娃娃的尺寸，之後她便發誓再也不碰那一桶洗衣服的藥水了。

「現在下著冰霰。」我說：「在這種天氣裡，佩琪連洗澡都不願意。」

爸爸抽了一下鼻子，接著傳來他穿上外套的聲音。「不過，我們還是要確認一下，對吧？」

於是我們先去了果園，但外頭風力強勁又寒冷，顯然她不可能在這裡逗留。回到屋內，我們一遍又一遍呼喊佩琪的名字，卻沒有任何回應，整個房子空蕩蕩的，我心中的不安越來越強烈。

「我推測，她可能去了村莊。」爸爸表示，雖然他的語氣變得更擔憂。

我在樓上的臥室發現了另一件事：佩琪的羊毛披巾沒有在她平常掛的椅子上，一併消失的還有她的襪子和睡衣，以及她藏在枕頭下的六便士。她唯一留下來的是史派德，睡醒來的牠跟著我四處走，喵喵叫著要食物。雖然我盡可能不要讓牠靠近爸爸，不久後小貓還是被發現，爸爸對這個消息也不是很高興。

「你們兩個到底怎麼了？」他吼著：「你為什麼不告訴我？」

「我今天早上才發現。」我也很想要點出，佩琪偷走這隻貓的時候是跟他一起出門，而不是跟我，但這看起來不是說出口的好時機。

「恐怕，這對佩琪很不利，現在村民對家禽失蹤的事議論紛紛。如果她逃跑的話，哎，這會讓她看起來更可疑，不是嗎？」

「被錯怪的事讓她很難過。」我說：「她覺得史威村的每個人都討厭她。說真的，她哭得心都碎了。」

我覺得糟糕透了，我到底是哪一種姊姊，竟讓佩琪牽扯進這些麻煩？我必須要找到她，告訴她一切都會沒事，我們會幫她洗刷汙名。

「是瓦頓先生在背後搞鬼。」我衝口而出。「他養的動物逃跑了，還吃掉我們家的鵝。之前也發生過類似的事，但他想讓佩琪當代罪羔羊。」

爸爸低聲咒罵幾句。有一瞬間，我以為這表示他相信我的話。當我開口要告訴他更多時，他卻說：「莉琪，真的夠了。」

沮喪的淚水湧進我眼裡。「你連聽一下都不願意嗎？」

「不是這樣，因為我們必須要找到佩琪，好嗎？」

「爸，但這是實話，我沒有捏造它們。」

「我現在沒有時間聽這些，莉琪。」他厲聲斥責。「我要去問問村民，一定有人曾看到她或收留了她。」

我用袖口擦去眼淚。我已經告訴他關於這位天才瓦頓先生的所有事，而且我還等到了一個絕佳的時機。

「我該做什麼？」我問。

「你待在這，以防她回來。」爸爸說：「你至少照我的話做一次。」

當爸爸回來時，已經傍晚了，我馬上就知道佩琪沒在他身邊，因為只傳來一個人的腳步聲。他在爐邊的椅子頹然坐下後，發出一聲懊惱的嘆息，這比任何言語都傳達得更多。

「沒有人看見她。」終於他開口說：「這沒有道理，沒有人能憑空消失。」

頓時我想到那些鴨子、母雞和我們的鵝是怎麼消失的。爸爸說得對，東西不可能憑空消失，它們是被偷走的，而且通常是自認有這種權利的人類或動物下的手。但這件事不一樣。

佩琪很難過，她很可能抓起衣服就離家出走，不是只跑到街上，而是去某個我們找不到她的地方——全是因為糟糕透頂的謠言。我不斷想到她摔斷手腳躺在溝渠裡，或被馬車的輪子輾過的畫面，但這些擔心毫無幫助，我們必須想出她可能會去的地方。

爸爸坐下來沒多久，便再度起身。他打開後門，我也走到門廊加入他。下完雨後的夜晚清爽又涼快，婆娑黑影灑落在後院的灰色石地上。

「彗星還在天上嗎？」我問。

爸爸點點頭。「它大概又變得更大了，後頭還拖著一根長尾巴。」

那正是它在隆冬午夜的樣子，蝌蚪狀的彗星閃著亮光劃破天際，非常壯觀，同樣的不祥預感依舊籠罩著我。

「爸爸，為什麼所有事情都發生在我們身上？」我問：「所有的壞事？難道真像村民所說，是彗星的關係？」

他用鼻子深吸了一口氣。「莉琪，這裡的人們很迷信，一開始是關於彗星，接下來是異常的天氣，還有你被閃電擊中的那一天？那是個詭異的風暴，在一月裡出現雷電交加的暴風雪非常罕見，所以某種程度上，村民們議論紛紛、猜測我們家的事不讓人驚訝。」

之前我們都不曾提過那天的事，現在談起來，我覺得自己彷彿是從洞穴裡被硬拉出去，被陽光刺得不停眨眼。

「這個嘛。」他說：「我不確定該怎麼說，但是那些談論不只是關於佩琪，也和你有關。」

我的胃向下一沉。

「什麼意思？」其實我知道得一清二楚。當敲鐘人直盯著我們瞧時，我就猜到了。我知道為什麼賀斯太太對我們充耳不聞，或許這也是沛格太太不願意讓佩琪拿走小貓咪的真實原因。我也知道梅西出於好心，盡量不讓我靠近村莊。但是我還是沒有準備好聽到爸爸親口說出這件事。

「你媽死了，你卻意外的活下來。」爸爸說：「你雙眼失明又疤痕累累，當人們看到你時，他們會想起曾經發生的事。這讓他們焦躁不安。」

「你也這麼想嗎？」我問：「這是你最近疏遠我的原因？」

他深深嘆了口氣，非常疲倦，嘆息聲讓他聽起來更老了。

「不，莉琪。我不會，也不是這樣子。」他說：「那天明明不安全，你卻跟著媽媽一起出門。你媽媽有很多優點，但她固執得像一頭驢子，我只是希望你理智一點。」

再一次，他的聲音中流露出一股沮喪。

我不認為那天夜裡我能夠闔上眼睛睡著，也不認為自己會懶得躺上床。但接下來我知道的就是，我全身僵硬痠痛的在爐邊椅子上醒來，佩琪的小貓在我腿上蜷成一團。已經清晨了，有人正猛力敲門。這次不是漢斯先生，是梅西在我們的後門口，她從村裡一路跑來，喘得快說不出話。

「我有消息。」她喘著氣。「佩琪昨天很晚……被看到……坐上……郵遞馬車……布里斯托。」

我鬆了一口氣，感到雙腿發軟。

「噢，感謝老天！」雖然我不太明白。「布里斯托？為什麼她要去那裡？」

或者仔細一想，為什麼她不會呢？尤其是史威村的居民都對她不友善。

布里斯托。

在我腦海裡，布里斯托蓋滿高大的紅磚屋子，寬闊的人行道上淨是穿著高雅、頭戴羽毛帽的淑女，整座嘈雜的城市充滿了對革新思潮的討論，即使母雞失蹤，他們也不會把錯歸給一個無辜的小女孩，也或許他們根本沒養雞。

大門口再次傳來開門聲，是爸爸拖著緩慢沉重的步伐走進來。為了尋找佩琪，他出門一整晚四處搜尋。

「爸！」我喊著：「我們有消息！」

他衝過來。「她在哪裡？她還好嗎？」

梅西把剛剛告訴我的話重複一遍，接著爸爸又要她再說一次。當她回答時，他握著我的手，渾身顫抖。

「布里斯托？」他不斷重複。「她怎麼會想要去布里斯托？」

但他也意識到，布里斯托只不過二十五哩遠，而且從那裡到倫敦的馬車每天都會經過奈思路，要到達那裡很容易，而且在如此熱鬧的地方，佩琪不會顯得特別而被指指點點，她會融入人群裡。我必須要承認，這聽起來很吸引人。

「誰看到她？」我問。

「是麵粉磨坊的人。」梅西說：「他今早才來我們這裡送貨，說看見她坐上往布里斯托的馬車。」

「他很確定那是她？」爸爸問。

「他說她留有一頭翹起的淡金色鬈髮，穿著綠色連身裙，上頭套著一件髒兮兮的圍裙，還有她在上車前輕拍了一下馬匹。」

那一定是佩琪，特別是最後一部分。

「她怎麼付車錢？」爸爸說。

「她枕頭下有六便士。」我告訴他。「她在水溝裡找到後就一直留著，雖然她聲稱那是她在夏天清理乾草時賺來的。」

另一個佩琪的小謊言。

「她和其他人在一起嗎？」我問梅西：「她看起來很沮喪？」

「很抱歉，我不知道其他情況。我最好是趕緊回去，以免我媽也以為我跑走，今天店裡需要我幫忙。她送給你這個和她的祝福。」梅西遞給我一個仍舊溫熱的派，之後她就走了。

不久後爸爸也要出門，他說要到布里斯托把佩琪帶回來。但他先撕下了一張紙條塞進我手裡。

「把這個送去伊甸宅邸，莉琪。上頭說明我去哪裡，還有我工作可能耽擱一、兩天的原因。」

「伊甸宅邸？」

「沒錯，把紙條交給瓦頓先生。」

我倒吸一口氣。「瓦頓先生？不能交給僕人嗎？」

「不，可憐的傑佛斯先生忙得不可開交，他會把紙條塞進口袋，等到用餐時間才想起來。這一定要親手交給瓦頓先生。」

「噢。」我在指間玩弄著紙條。「好吧。」

「要有禮貌，好嗎？上次你們去那裡之後，我很幸運瓦頓先生還願意雇用我。」

一想到那件事，我的雙頰便脹紅。

「記得走那條大路，還有一定要緊靠著樹籬。結束後馬上回家，別在梅西工作時過去她那。如果可以，今早就處理好。」

我點點頭，試著擺出認真的神情。我迫不及待想證明給爸爸看，我能妥善的把事情處理好。但一想到要去伊甸宅邸，我就非常緊張，尤其我必須見到瓦頓先生，他很清楚的告訴我別再去「拜訪」。

「爸爸。」我說：「我會沒事的，對吧？」

「我的女孩，你會沒事的。」他說：「你或許像媽媽一樣固執，但你也像她一樣勇敢。」

雖然他沒親我，至少他的話給了我鼓勵。柵門在他身後關上，接著他離開了。

廚房恢復一片安靜，現在去伊甸宅邸太早了，梅西曾告訴我時髦的家庭不會在十點前起床的。所以我拿起一些針線，卻又放下它們。我在爐子裡添加柴火，又從穀倉裡抱回成堆的木柴，拿著細繩和史派德玩了一下。沒有事情能讓我靜下心。最後，我抓起披巾，把爸爸的紙條塞進口袋。

不管時髦的人們幾點起床，我都已經整裝待發。不同於之前銅釦的狀況，這一次我會確保瓦頓先生收到他的東西。

17

當我滿心期待能找到敞開的伊甸宅邸大門時，卻發現大門深鎖，用力搖晃也無法使它們移動，門閂被拉上，上頭還纏繞著兩圈鐵鍊。梅西說得對：這地方一點也不友善。

我走了一下到大門右側，絞盡腦汁想找出另一個進去的方式。沒有灌木叢可以鑽進去，也沒有圍籬可以攀爬，只有一道看似無盡延伸的石牆。

我試著改用大叫的方式。「有人嗎？我有事要轉達給瓦頓先生。」

風中只傳來樹的呢喃低語，天氣很冷——會鑽進骨頭，讓人直打顫的寒冷。我抱住自己，但沒讓我暖和多少。越快把紙條轉交然後回家越好。

最後我等了一小時左右，終於有人出現了，但我沒想到那個人會是伊薩，我立刻就認出他的聲音。「傑佛斯，明天同一時間嗎？」

「對，同一時間，同樣分量的豬肉。」名叫傑佛斯的人說。我也認得他的聲音，我的鵝被偷走的那晚，他和瓦頓先生在一起，他是爸爸曾經提過的門房。

我還很氣伊薩朝我扔石頭的事，但在這個節骨眼上我需要他的幫忙，或至少別讓他再來欺負我。所以當我聽見大門喀喀喀的打開時，就趕緊過去，只是晚了一步。門閂「哐啷」一聲被再次拉上，隨著傑佛斯的身影消失在車道上，他的腳步聲也越來越小。

「你瞧瞧。」伊薩撞見我後，開口說：「這不是莉琪．艾普比嗎？你在這裡做什麼？」

他友善的語氣惹得我有點生氣。「你今天最好不要再朝我丟東西了。」

「我不是故意搗蛋。」他說：「說真的，我不是。」

「你又在開玩笑了是嗎？」我說，一邊回想起蒙眼遊戲。

「不是，我當時正在警告你，或者說我想這麼做。小心你在跟誰說話，莉琪，瓦頓先生不像他表面的樣子。」

「嗯。」就跟佩琪說得一樣，不是嗎？可是伊薩即便想提出警告，我還是不懂為何他非得對我們扔石頭，不過關於瓦頓先生的事，我的確了解他想表達什麼。

「好吧，不管如何，我必須要將一張紙條轉交給瓦頓先生。」我說，一邊確認紙條還安穩的放在口袋裡。

「傑佛斯會幫你拿。哈囉！傑佛斯！」他朝著門房大吼，我趕緊摀住耳朵，免得被震聾了。

「如果他能放我進大門裡……」

「嘿！傑佛斯！嘿！這傢伙去哪了？」

「爸爸說傑佛斯忙得不可開交。」

「他——像個瘋子。」伊薩壓低嗓音。「自從他們來到這棟房子，不少神祕的事接連發生。他們在屋頂裝了一根非常高的杆子，如果他們不夠謹慎的話，杆子很可能會被閃電擊中。」

「噢，真的啊？」我說。雖然提到雷擊讓我腹中一片翻攪，我仍勉強保持正常的口氣。「梅西說它看起來像是沒有旗子的旗杆。」

「她說得對，的確很像。」他發出輕聲的嘆息。「我希望她願意再跟我說話。你知道的，我還是很關心她。」

我不是來這裡聽伊薩傾吐他的相思病。「恐怕那是你們兩個之間的事，跟我無關。」我快速的說完。「不過，你在這裡做什麼？我以為瓦頓先生不值得被信任。」

「噢，但事情不一樣。這是生意。」

「更多隻死豬？」

「你怎麼知道？」

「我們看到你幾天前來送貨——好吧，是梅西看到的。瓦頓先生訂了不少培根肉是吧？」

「麗琪，不是培根——他要的是生肉。我今天已經送來一整隻豬的屍體了，你能相信嗎？他希望每天都送一隻。」

我非常確定那些肉不是給瓦頓先生，是要拿來餵那隻殺死我的鵝的生物。牠躲在我們的草叢裡，還一路逃到村莊的磨坊路，沿路留下腐朽樹葉的氣味。我非常篤定，甚至篤定到脖子上的寒毛豎起冷汗直流。

「提醒你，瓦頓先生最近有客人來訪，或許那是他買這麼多肉的原因。」伊薩頓住。「但我一直在想那些失蹤的家禽，還有那隻屁股被咬傷的可憐馬兒，我不曉得它們全部有沒有關聯……你的臉色好蒼白，莉琪，你還好嗎？」

還沒有機會解釋，咚咚咚響的腳步聲就告訴我，傑佛斯再次出現在大門口。「布萊克先生，忘了拿什麼東西嗎？」

「莉琪有個訊息要給瓦頓先生。」伊薩推我一把，我跌跌撞撞的走向前，手卻穩穩插在口袋裡。

「我保證要親自把這張紙條交給瓦頓先生。」我說。

傑佛斯發出吃驚的笑聲。「小姐，我不這麼認為。他正在招待來自倫敦的客人，不會想被你這種人打擾的。」

把紙條交給傑佛斯的主意很吸引人，這樣的話，我可以避開瓦頓先生，直接回家再關上大門。可是萬一爸爸沒說錯，門房忘記轉交了呢？他堅持要我親自送達，而我也答應他了。

「這很緊急。關乎我爸爸為他做的工作檯，我必須要親自交給瓦頓先生，不能耽誤。」

傑佛斯似乎正在考慮。「我沒辦法馬上交給他，我忙著……」

「沒錯。」我說，趕忙抓緊機會。「所以就讓我進去，我會負責。」

傑佛斯還在思考。

「拜託你。」我無法再等更久了，我開口說：「我會快速完成。」

「我會跟著她。」伊薩表示：「只是要確保她不會迷路。」

我往他的方向瞪一眼。「我沒問題的。」

傑佛斯卻認為這是個好主意。不得不承認，我心裡有一小部分也是這麼想。

「五分鐘，然後你就得離開。」他說。

鐵鍊鬆開後，大門打開時發出哀嚎般的嘎吱聲。當它在我們身後關上時，我畏縮了一下，真不敢想像還有什麼生物和我們被關在這裡。

傑佛斯帶我們走到宅邸前，他又陷入沉思，這一次是關於我們該敲哪一扇門。

「你們不應該敲前門，但廚房——」

後頭的吼聲讓他停下說話。「噢！傑佛斯！你是要來幫我清理靴子，還是來放假？」

「最多五分鐘。」傑佛斯說完後離開我們。

我深吸幾口氣，好讓自己心情平穩。

「好。」我對伊薩說：「來把這件事完成吧。」

他扶著我的手，帶我走到前門。他不像梅西一樣溫柔，爬階梯的速度又有點快，可是他幫我把手放上門環，而不是把事情搶來自己做，這正是我喜歡的幫忙方式。

我舉起門環敲了三下，接著我們等了猶如永恆般的漫長時間。在偌大的宅邸裡，快步穿越廊道、走下樓梯，大概也得耗上十分鐘才能到達門口，也可能他們只是沒聽到。

正當我要再拉起門環時，門的另一端傳來飛快的腳步聲。我期待著門會立即敞開，卻沒想到只有門閂拉開的聲響。我又默數至少五秒，然後聽到鑰匙喀的插進門鎖、轉一圈，又喀一聲。最後，門只打開了一個小縫——我從細微的嘎吱聲判斷出來。

「嗨？有什麼事嗎？」一個女人的聲音說，我猜想是一位女僕，但她不是和瓦頓先生一起出現在磨坊路的人。

我挺直胸膛。「我有要給瓦頓先生的訊息，是來自我的爸爸，他為瓦頓先生打造工作檯。」

「我會確保他收到。」女僕表示。

一陣短暫的安靜。伊薩推我一下，我猜是女僕正等著我把紙條交給她。

「我要親自轉交。」我說。

她把前門再推得更開一些，嘎吱聲再次響起。

「你現在要這麼做？想得美。」我腦袋裡浮現她上下打量我的畫面。

「莉琪，快點給她。傑佛斯馬上就要回來了。」伊薩說。

我沒有改變心意。

「能麻煩你帶我去找瓦頓先生嗎？」我問。

「我才沒有時間帶你去任何地方。」她說：「這房子裡現在全是煩人的客人。」

伊薩一定做了逗趣的事，因為她突然笑了起來。「好吧，很有趣，你們可以在馬廄那裡找到瓦頓先生——他喜歡親自確認好那些動物被確實餵飽。」

「動物？」剎那間，我的腦海裡擠滿一隻隻能夠殺死鴨子和母雞的動物。

「我指的是馬。」女僕表示，語氣似乎暗示著我很笨。

「你為什麼要說那些？」在我們往馬廄的方向走時，伊薩悄聲說：「你讓我們看起來很可疑。」

「你想想看，」我低聲回應他：「所有你帶來這裡的生肉、所有失蹤的家禽。她用的字是動物而不是馬，那樣才可疑。」

「對，的確是。」

「你自己也說了這裡發生了一些奇怪的事。伊薩，我要告訴你，我妹妹一直被大家認為是罪魁禍首。」

我告訴他關於佩琪離家出走到布里斯托的事。

「她的心都碎了。」我說，語氣哽咽。「她發誓除了一隻小貓外，她什麼也沒偷。我爸爸出門去找她，所以他今天不能替瓦頓先生工作，我才來這裡轉交這張討人厭的紙條。」

「可憐的佩琪，這樣是不對的。」伊薩喃喃自語：「這整件事都不對。」

他聽起來似乎是真心這麼想。

我們繼續往前走，礫石路面變得凹凸不平，我感覺到樹葉拂過肌膚，光線一閃後，四周頓時變得陰暗。我猜測，我們在一條樹林裡蜿蜒的狹窄小徑上，或許這就是前幾天梅西提到的那一條——那個人扛著死豬消失的地方，而我想這條小徑可能會通往倉庫。

「馬廄在哪裡？」我們一邊走時，我開口問伊薩。

「就在這條路上的某個地方吧，繼續走。」

但我開始有個很不好的預感。「我以為你知道它們在哪。」

「我以前沒走過這條路，我都把豬直接交給傑佛斯。」

「那我們是迷路了嗎？」

「不是迷路，只是……」

前方傳來的聲響讓我們僵立原地。

「那是什麼？」我悄聲說。

聽起來像是有人在哭泣，是個孩子。

聲音再次響起，現在聽起來卻像是動物，可能是貓頭鷹或狐狸，只是兩者都不像。接著傳來的聲音低沉且延續不斷，讓我聯想到痛苦、恐懼，或是深沉黑暗的沮喪。

「我們必須走了。」伊薩說。

「噓！你聽。」聲音停止後，朝我們飄來一陣我絕不會認錯的氣味，我的心跳突然加速。

「我要去找出是什麼發出這種聲音。」我說。

「莉琪，等等。」伊薩抓住我的手臂說：「別做任何傻事。」

哭嚎聲再次響起。這次我聯想到狗的嚎叫聲，或許這的確是狗，在玻璃箱裡有一條死狗，不是嗎？另一隻瓦頓先生放在接近馬廄的地方，但狗聞起來不會有樹林的氣味。

我們側耳傾聽著這隻動物一聲又一聲的嚎叫。

「莉琪，牠聽起來很危險。」伊薩警告。

「我聽起來是很傷心。」

「恐怕，我們要以防萬一往後走。」

我轉了轉眼珠，他剛才這麼有自信，現在卻變成愛大驚小怪的人。

「總之，我看不出來這件事和我們有什麼關係，那隻動物被關在圍欄裡。」他說：「牠沒有偷襲史威村，大搖大擺的吃掉其他人的牲畜。」

我握緊拳頭，伊薩要不是個徹底的蠢包，就是對這一切毫不知情。

「你說的那隻動物，」我說：「已經不只一次逃跑了。」

18

沒時間解釋了，小徑上傳來響亮的腳步聲，有人正朝我們走來。伊薩大力的推我一把。

「動作快！躲進那裡！」

我來不及抗議，便踉蹌的跌往一旁，一腳踏進窸窣作響的麥稈堆。周遭甜甜的麥香和突如其來的漆黑，我猜我大概是在一個穀倉裡。

「我們在幹嘛？」我說：「不是要去找瓦頓先生？」

「在這裡等一分鐘，保持安靜。」伊薩噓聲說。

「可是……」

這裡唯一的光源來自半掩的穀倉大門，卻突然有道陰影閃過：伊薩離開了。他把我一個人丟下，這絕對是我不需要的幫忙。我雙手交叉在胸前，在原地踱步等他回來。我默默的等了好一會兒。

我猜他在外頭某處試著要解決問題，但時間一分一秒過去，伊薩仍然沒有回來。當我豎耳傾聽他的動靜時，卻只有附近傳來一陣「咚、咚、咚」。一開始我沒有特別注意，因為我滿腦子只想著什麼時候該放棄乾等，自己出發去找瓦頓先生。

敲打聲持續不斷。我發現它是從地板下傳來的。現在我不只聽到，腳底還感受到震動。可能是老鼠，或有人在地窖裡搬箱子。我往旁邊移了一步，想忽略那個聲音，但它還繼續響起。

咚、咚、咚。

出於好奇，我踢開腳底的麥稈。聲音變得更響亮，似乎還伴隨細微的呼喊聲。我蹲下身子想仔細聆聽，卻發現原先站的地方沒鋪上紅磚。那裡嵌著一扇方形的活板門，大約是一般門一半的大小。敲打聲就是從那兒來的。

那聲音不大，拍打力道也不強勁，聽起來像是小孩使出渾身力氣拚命捶門。

「是誰在那裡？」我傾身靠近木板門問。

回應的是一聲微弱的嗚咽。

我認得那個聲音、那個腔調。

但怎麼可能？

我挺起身，跪坐在腳踝上，用力甩頭好理清思緒。沒有道理啊，佩琪已經去布里斯托了，有人親眼看見她坐上馬車，爸爸還出發去找她了。「佩琪？」

另一陣的咚、咚、咚。

我的心跳加速，趕緊趴下把耳朵緊貼在活板門上。「佩琪？是你嗎？快回答我！」

我聽到一聲鼻音厚重的回應，抽抽搭搭的，像是生病的人在擤鼻子。我越來越篤定，這一定就是我妹妹。

我努力保持鎮定。「佩琪？現在聽我說，我會救你出來的好嗎？」

整扇木板門上摸不到任何門把，只有一個小門閂。我輕輕拉開後，「喀噠」一聲鎖便打開了。但這邊沒有任何能握住好把門拉開的東西，我只能把手指卡進門縫邊，想辦法把門扳開。但門縫實在太狹小，我的指頭被木屑刺得發疼，碎屑也塞滿指甲。只能試試其他辦法了。

「佩琪？或許能從你那一側打開門。我要你使出全力，把門向上推。」我說。「數到三。一……二……三——」

「咻」的一大聲，門被猛力推開。我來不及反應，被飛起的灰塵撲得滿臉，還聞到一股溼冷的發霉味。一陣尖叫聲中，門內伸出一雙手猛力拉扯我的裙邊，力道大得讓我往前撲。有一瞬間我懷疑這究竟是不是佩琪。

一個驚恐的聲音喊：「莉琪！」我立刻就知道那一定是她，但我們手腳打結的跌成一團，模樣滑稽極了。我抽不開身，佩琪也沒辦法掙脫開。

「放開我，我才能好好抓住你。」我大叫。

「噢，莉琪，真的是你！你終於來救我了！」

「我來了，但我需要你停在那裡一下。」

佩琪照著我的話，但她突然停下動作，讓我失去平衡往前摔。現在我底下沒有任何東西，我胡亂的揮舞胳膊朝下墜落、墜落。耳邊掃過咻咻風聲，五臟六腑彷彿騰空飛起。

我跌在某個柔軟又有彈性的東西上。活板門「砰」的一聲被關上，我搞不清狀況，脖子就先被一雙黏答答的手臂圈抱住。

「我之前就被關在這裡，真是可怕極了！拜託帶我回家。」

「先讓我喘口氣！」當佩琪把臉埋進我的頭髮啜泣時，我上氣不接下氣的說著。

我安撫佩琪，好讓她陪我坐好。我的五臟六腑彷彿還飄浮在半空中，但好險沒有受傷。我似乎是跌在一張床上。

「你還好嗎？」我問。

佩琪靠在我肩上點點頭，我安心的嘆了一大口氣。

「好女孩。」我抱住她。「我們離開這裡好嗎？」

唯一的微弱光源似乎是來自一盞老舊的燭臺，溼冷的房間裡有刺鼻的霉味。我把佩琪輕輕推開，左搖右晃的起身站在床上。天花板很低，我胡亂的用手到處摸索，直到找到活板門。如果佩琪能獨自推開，我們兩人合力一定會更容易。

「站在我旁邊。」我吩咐佩琪。「現在，一、二、三……用力推！」

活板門動也不動。我們再試了一次，又推又頂的直到我的手臂肌肉發疼，門依舊毫無動靜。我想起了那愚蠢的門閂——一旦活板門關上後，一定又自動上鎖了，只能從另一側打開門。

我第一次覺得恐慌。

我們被鎖住了。

「哈囉？伊薩？你聽得到我嗎？」我吼著，祈禱他已經回來，正站在上頭想著我跑去哪。

唯一的回應是一片死寂，我猜這房間位在地底深處，而我一點也不喜歡被困在裡面。但為了佩琪，我努力裝得很鎮靜。

「我保證等伊薩一回來，他會救我們離開。」我說。雖然我也開始懷疑這番話。

「伊薩？他怎麼會和你在一起？我以為你討厭他。」

我坐回床上，輕拍身旁的空位。

「一次說一件事，我想先知道為什麼你在這裡。」我用衣角幫佩琪擦去臉上的淚痕時說。

「他們把我丟進房間，還鎖上門。」她說。

「他們？」

「那個男人——瓦頓先生。」

我吃驚的瞪著佩琪。「他做了什麼？為什麼？有人看見你坐上前往布里斯托的車，你帶上了行李離家出走，所以爸爸現在出發去找你。你到底怎麼會跑來這裡？」

「瓦頓先生說我必須要躲好，不然會破壞給客人的驚喜。」

「嘿，說慢一點。」我懷疑佩琪的故事有多少是真的，這聽起來很像胡謅一通。「你一開始是怎麼來的？不是去布里斯托了嗎？」

「我坐了馬車大概有一、兩哩路。我旁邊是一位要去拜訪伊甸宅邸的小姐，和她同行的有丈夫跟異父異母的妹妹。她問我要去哪裡，我說了離家出走的事。」

「你怎麼又下車了？」

「我好害怕，莉琪。馬車上很擁擠，我想到布里斯托同樣擠滿人後，突然很反胃。我好希望你在我身旁。雖然那位小姐善良又很慷慨……」她深吸一口氣，「當馬車停在伊甸宅邸的那一站時，瓦頓先生在大門口等那位小姐和她的旅伴。他在那時候看到我，說我最好跟他離開。」

這麼看來，那位小姐應該是瓦頓先生的客人，也是讓傑佛斯和女傭忙得暈頭轉向的原因。但這沒有解釋為什麼佩琪在地窖裡。

「為什麼瓦頓先生要你來這裡？」

「他說他需要我的幫忙。這個提議至少比逃去布里斯托好。」

我眉頭緊皺。「你跟著他走？那是一位陌生人。」

「爸爸說他是天才。」她回嘴。

我嘆了口氣。沒錯，爸爸的確說過。但看看我們落得什麼下場。

「但為什麼是在地窖？」這部分我還是想不通。

「瓦頓先生說他要把我藏起來，不讓客人看到我，不然會毀了他特地為他們準備的驚喜。莉琪，他叫我閃電女孩。你覺得那是什麼意思？」

我搖搖頭。「不知道。」

但聽到那些字讓我渾身發冷。在我的鵝群失蹤那晚，瓦頓先生也說了一模一樣的話，他身旁的女子還說佩琪被村民怪罪會帶來「非常多麻煩」。我聽不懂那些話，一點都不了解。但顯然他們抓住佩琪是為了某個特別的原因，原因還跟閃電有關。

儘管爸爸稱讚他是位天才，但我從頭到尾都知道不能相信瓦頓先生，他陰險邪惡，為了科學不顧一切，害我們受困在伊甸宅邸，而且這裡不只有他，還有一隻會發出嚎叫的詭異生物。

我受不了再靜靜坐著，乾脆跳下床。不能等伊薩來救我們，因為顯然他不會回來了。我猜他被嚇跑，所以逃回村莊，也可能他只是忘了我還在那裡。不管是什麼原因，我們只能靠自己逃出去了。

「對了，佩琪，門在哪裡？」

我們才往前四步就找到門，但已經被鎖上。

「我們真的被困住了是嗎？」佩琪聲音哽咽的說。

「給我一分鐘思考，我保證一定會想出一些辦法。」但我腦海裡只有墓碑和墓園的畫面：如果沒有人來找我們的話，我們會像被活埋一樣死在這裡。

我焦急的來回踱步，沿路摸著牆壁。石造的粗糙牆面受溼氣侵蝕，摸起來凹凸不平，可是靠近床邊的角落，卻有一塊特別平滑。我輕輕敲它，發現聲音是空心的。

「噓！」我和佩琪說，雖然她沒說任何話。「你聽。」

我又敲了一次。

「是壁櫥嗎？」佩琪問：「因為我沒看見任何門把。」

我也沒摸到。但輕輕一推後，我聽倒門閂滑動的聲音。

「是另一扇小門！」佩琪嚷嚷。她在我身旁跪下，把燭臺往前舉高。「這看起來不像是壁櫥，後頭沒有東西。」

「是地道？」

「大概吧。」佩琪表示。

「太好了！」我喘著氣說。

但我又開始感到不安。

「瓦頓先生提過地道嗎？」我問，懷疑他可能布下這個陷阱，正在另一頭等我們上鉤。

「沒有。但他說過沒有任何地方比這裡更適合把我藏起來，還說我不可能逃出去，所以別白費力氣嘗試了。」

另一個瓦頓先生的判斷錯誤，他會為它們付出代價的。如果這是我們逃跑的唯一機會，我們一定要把握住。

19

地道一開始的狀況沒有太糟。這裡的空間窄到我不需要張開手臂，就能摸到兩側的牆壁。一想到身後有一扇打開的小門，就覺得安心不少。走了二十碼之後，我們似乎往地底更深處去，空氣變得寒冷，佩琪手裡的燭光搖曳不定。

「小心，有一個臺階。」佩琪慢下腳步說。又走了幾碼之後，「地道在這裡突然急轉彎。」

我多希望她沒有這麼說，因為一彎過轉角後，就看不到那扇門了，四周的牆壁變得更靠近。潮溼的霉味非常強烈，彷彿我一張口就能嘗到。蜘蛛網搔得我脖子發癢，混濁的空氣讓我連連咳嗽。我感覺到有東西爬過我的腳，膝蓋碰到一團毛茸茸的東西。在我前面的佩琪放聲大喊。

「老鼠！莉琪，是大老鼠。」

我猶豫了幾秒。我從來沒怕過老鼠，不像梅西，她光看到一小隻就會高聲尖叫。但這不一樣，我不知道牠們在哪裡，只能提心吊膽的等牠們碰到我。我好想掉頭就跑，只不過要逃去哪裡？不是回到地窖就是繼續往前，突然間沒有一個是好選項。

「別停下，繼續走。」我說：「如果牠們太靠近的話，對牠們揮一揮蠟燭。」

可憐的佩琪盡力了，她一隻手高舉著蠟燭，另一隻手緊緊牽著我，把我的手指都捏麻了。一步一步，我們沿著地道慢慢前進。

「牠們大得像貓！」佩琪說。

「別傻了。」我說：「怎麼可能？」

佩琪突然往向衝。「走開！」她喊著，使勁朝前方揮動蠟燭，但搖晃得太猛烈，蠟燭竟熄滅了。

一團軟趴趴的東西在我腳邊扭動著。

「牠爬上我的膝蓋了！我發誓牠在我腿上！」我大叫。

佩琪嚇得拔腿就跑，我緊跟在她後頭。雖然四周一片漆黑，我們也完全不知道要跑去哪裡，但全都不重要，我們滿腦子只想著逃跑，逃離老鼠、逃離地道、逃離瓦頓先生。

我們似乎跑了好幾英里。不論是往上或往下走，霉臭味的地道無止無盡。突然之間，空氣變得暖和許多，四周從漆黑變成一片灰濛濛。

「前面是一道門嗎？」我上氣不接下氣的問。

「大概吧，它的周圍隱約透出光線。」

當我們走得更近時，佩琪不顧一切想衝出那道門，但我拉住她。

「等一下。」我壓低聲音。「我們不知道這道門通向哪裡。我們不想莽撞衝出去，卻被逮個正著對吧？」

瓦頓先生很可能有辦公室或圖書館之類的房間，如果這道門通往那裡，就只能說我們好運用光了。若是一個小時前，這道門可能很有幫助，但爸爸的紙條已經不重要了。現在要緊的是要將佩琪帶離這裡，遠遠離開瓦頓先生，不管他計畫要對她做什麼。

「讓我靠著那道門，聽聽外面的動靜。」我打了個手勢要佩琪退開，接著把耳朵貼緊木門，只聽見一片安靜，還有佩琪靠在我肩上的沉重呼吸聲。

「除了你大聲喘氣外，我什麼都聽不見。」我說。

她猛吸了一大口氣，便屏住呼吸。我聽到窸窸窣窣的移動聲、爪子刮過牆壁的摩擦聲。有東西正朝我們快速跑來。佩琪雙手緊緊抱住我的腰。

「噢，莉琪！」她尖叫：「又是那些老鼠！好大一群！」

「噓！安靜。」

但她把臉埋進我的裙子裡不停啜泣。此時有一隻體型大得嚇人的老鼠，慢慢爬過我的腳；另一隻從我的腳踝邊溜過；還有一隻毛茸茸的胖老鼠在我們的腿邊不停扭動。

「好多老鼠！」我嚇得連連喘氣。

佩琪的啜泣很快變成了哀嚎，在地道中陣陣回響著。當我試著叫她安靜，告訴她一切都會沒事時，我感覺到離我的臉只有幾吋遠的牆壁上，有老鼠迅速的往上爬，近到能感覺牠的尾巴輕掃過我的臉頰，能聽到牠摩擦利爪的聲音。當我感覺到頭髮被拉扯、有鬍鬚搔過耳邊時，我驚慌起來。

我使出全力衝向那扇門，它被我一肩撞開，但我來不及停下，整個人向前跌進一團亮晃晃的光裡，抱緊我的佩琪也跟著摔倒。把門踹上後，我鬆開佩琪的手，呼出一大口氣，心跳漸漸慢下來。我還是沒聽到任何人的聲音，這個房間空蕩蕩的，聞起來有一種我說不出的怪味，它強烈到讓我鼻子發癢。

「我們在哪裡？」我輕聲說。

「不知道。」佩琪說：「這裡和圖書館很像，牆上有架子，但……」

「但是什麼？」

「但架上沒有書，有很多罐子。裡頭裝的東西很像我們冬天做的醃漬蔬菜，只不過那些東西，呃……」她停下來，「它們不是蔬菜。」

「是什麼？」雖然從她驚嚇的語氣聽來，我不確定我真想知道。

佩琪緊緊抱住我。「噢，莉琪！那些東西古怪又嚇人，有動物寶寶、小鳥，還有長著兩顆頭的蟾蜍。」

外頭橫行著一隻我猜是從籠裡脫逃的危險生物，已經夠糟了，但那些東西讓我感到另一股噁心。在那一瞬間，我很慶幸自己看不見那些架子，但我腦海裡還是浮現出畫面：瓶子裡的深色液體漂浮著魚類的屍體碎塊，牠們死白的身軀緊緊黏著玻璃瓶身。

「我們快離開這裡，」把佩琪從我身上拉開後，我牽起她的手說。「但拜託，不要再回去地道了。」

「有另一扇門，我們可以走那邊。」佩琪表示。

我點點頭。如果這扇門通往大廳的話，我們會像老鼠一樣靜悄悄的溜走。但根本還沒走到門邊，門就被推開了。

「看在老天的分上！把她安置在一間客房，不是地窖！我們想要這孩子活得好好的，而不是生病發燒，或發生更糟的事。」顯然這個女人正對著某人破口大罵。「我們的客人為了看她，大老遠跑來。如果天氣變糟，今晚有暴風雨襲擊的話，那……」

那兩個人猛然收住腳步在我們面前停下。

「噢！老天！」那女人高聲喊著。

另一個聲音是瓦頓先生的。「怎麼可能？你們怎麼會跑來這裡？」

我確認好佩琪安全的躲在我後面，接著我挺身站好。我壓抑著怒氣和恐懼，不想被他看穿。

「我們要回家了，瓦頓先生。我們的爸爸很擔心佩琪去了哪裡。」我說。

「你不能別插手管閒事嗎？」他大吼。

「她不想繼續待下去，參加你準備的『驚喜』。她真的嚇壞了。但好險你把她藏在地窖，那裡有一條連接到這裡的密道，所以我們恰好及時逃出來。」

「胡扯！那個地窖牢不可破。」但我聽得出來他很慌亂。

「麻煩你讓個路。」我說：「走吧，佩琪。」

當我經過他身邊時，他突然伸手抓住我的前臂，手指緊掐進我的肌膚。

「立馬放開你妹妹！」瓦頓先生說。

「放開我！」我不斷扭動掙扎，一面想要掙脫他的手，一面拚命的拉住佩琪。

「你們所有人！現在都停手！」那女人吼道。

她的語氣有一種不可抗拒的威嚴。我馬上就認出，她就是那晚在磨坊路上和瓦頓先生在一起的人。

「立刻放開兩個女孩。」她說。

瓦頓先生不滿的咕噥著，把我們兩個從他身邊用力推開。我摟住佩琪的肩膀。不管這女人是誰，她正對瓦頓先生下令，而不是聽從他的話。現在她還把我們從他的魔掌中救出來。我想我欠她一句謝謝。

我輕咳一聲，「小姐……」

「史坦。法蘭雀絲卡．史坦。」

她一定移動了位置，因為她身上的氣味朝我飄來。那是一股非常濃烈的藥劑味，就和這個房間瀰漫的味道一樣。

「小姐，我準備要帶我妹妹回家。我不知道瓦頓先生計畫要對佩琪做什麼，但我們不打算留下來聽他解釋。我可憐的爸爸非常擔心，所以我們能越早回家越好。」

我有點期待她聽完會嚇得連連喘氣，或者會同情得低聲啜泣，可能還會叫馬車到前門把我們載回史威村。

沒想到史坦小姐卻說：「佩琪？你剛叫你妹妹佩琪嗎？」

我皺緊眉頭，「那是她的名字。」

她的喉嚨裡發出一陣不耐煩的低吼。她在我們身旁來回踱步，裙子發出窸窣的擺動聲。

「你這笨蛋！」她的嗓音低沉又憤怒。「你這無可救藥的大笨蛋！」

我驚訝得張大嘴巴，「沒有必要罵我是——」

「不是你！」她咒罵道：「是他！」

變得異常安靜的瓦頓先生深吸一口氣，似乎是想開口解釋。我對這些事情毫無頭緒，但我現在覺得似乎沒有道謝的必要了。

「不好意思。」我說：「我們得走了。」

我們才走了兩步，史坦小姐便抓住我的手腕。

「別這麼快。」她說：「我要瓦頓先生把莉琪．艾普比帶過來給我，那位出名的閃電女孩。但你相信嗎？花了所有努力、藏了這麼多祕密，這笨蛋卻找錯女孩了。」

20

「不，小姐，你搞錯了。」我結巴的說。

即便如此，我還是示意要佩琪在我身後躲好。

「我沒搞錯。」史坦小姐表示：「自從來到史威村後，我就聽說了你的故事，我覺得相當著迷。」

對某些人來說，這可能是個讚美。但對我來說，人們對我的指指點點、閒言閒語，遠超過我能承受的。那些話讓我的心一沉。

「我只是個失去媽媽又失明的女孩罷了。這就是我的故事。」我忿忿的說。

「但我根本不知道這個女孩看不見！」瓦頓先生插嘴。我感覺到他正指著我。「她晚上鬼鬼祟祟在街上閒晃，還跑來這裡刺探消息。當我跟她說話時，她都直直望著我。是另一個較小的女孩搶走我們的標本，所以我才以為……」

「省省你的藉口吧。」史坦小姐打斷他的話。「莉琪，你想待在伊甸宅邸幾天，幫忙我完成工作嗎？」她的語氣很興奮。

「什麼，這裡？」

「沒錯。」

我感覺到佩琪緊抓著我的裙子。在我左邊，史坦小姐冰冷的手握著我的手腕；我們身後，有裝著畸形生物的罐子，還有瓦頓先生從鼻子呼出短促急躁的呼吸聲。

「不了，小姐。」我說：「我們一定得回家。」

她把我的手腕握得更緊了。「我也是，莉琪。我必須要回倫敦，但我待在伊甸宅邸，是為了找出在雷電交加的暴風雨裡你出了什麼事。你真的必須幫我。我未來能不能實現理想，全靠這一次了。」

「你想找出……關於我的事？」我不是很願意回想那一天，而且我一點也不想和陌生人聊這件事。

但她問的方式很不一樣。她對我充滿好奇——不是躲在背後偷偷說閒話，而是想知道實情。

「沒錯。」史坦小姐說：「我是科學家，一位解剖學家。我研究人體如何運作。最近我對電非常感興趣，你很快就會知道你對我的研究有多重要。」

我驚訝得目瞪口呆。「所以你才是科學家？」

一直以來，我都認為瓦頓先生就是科學家，大多數的村民也這麼想。

「史坦小姐，這怎麼可能呢？」佩琪聽起來就和我一樣困惑，「你是……嗯……呃……一個女生。」

她發出淡淡的笑聲，「我的年紀早不是小女生了。但你說得對，這個工作多半是男生負責。這讓我面臨到很多困難。人們一看到我穿裙子，就立馬認定我應該是什麼樣的人，從沒想過我可能就快有驚人的發現，最重要的只不過是我的外表。」

我連連點頭，我了解那種感覺。

「所以大部分時間我都隱藏起來。」史坦小姐說：「但你別害怕，莉琪，你在這裡很安全。」

「可是他怎麼辦？」我朝著瓦頓先生的方向點頭。「他把佩琪鎖在地窖裡。」

「我吩咐他要把她藏好，但我根本不曉得他把她關在地下。我得為這件事道歉。」她聽起來相當內疚。「我的助手瓦頓先生昨天執行任務時，有些太過投入了。從現在起他會謹慎的照命令做事。」

瓦頓先生尷尬的咳了幾聲。雖然有著上流口音，也穿著時髦西裝，他實際上卻是一名僕人。租下伊甸宅邸的不是他，而是史坦小姐。這讓我莫名的變得勇敢，因為不管他威脅我什麼，他畢竟不是這裡的主人。

但我的第六感還是覺得事情不太對勁。如果瓦頓先生是為史坦小姐工作，她會多麼陰險可怕呢？我非常困惑，因為她看起來根本不會害人。

「我們真的不能留下來，小姐。」我說：「爸爸會擔心我們去了哪裡。」這不是實話，因為他現在已經到布里斯托了，而撒謊讓我滿臉通紅。

「我們會寫封信給你爸爸，佩琪可以幫忙轉交。」

佩琪聽到後，把臉深深埋進我的胸口。「莉琪，沒有你我哪裡也不去！」

「拜託，別哭。」史坦小姐說。

「噓，佩琪。」我說，腦子拚命的轉，想找出解決方法。如果伊薩沒有跑走的話，他就可以帶她回梅西那裡了。

「我不要自己一個人回去史威村。」佩琪堅持。「那裡每個人都恨我。如果你把我送回去，我發誓我一定又會離家出走！」

這不算是一個答案，我猜史坦小姐也意識到了。

「我想到了！」她說，似乎很訝異自己想到這個點子。「為什麼不把你們兩位都留下呢？這會幫上我很大的忙，而且你們會非常安全。」

這是她第二次提到我們的安危了。

「你保證？」我說。

「絕對。千萬不用害怕。」

她稍稍移動了姿勢，所以燈光從她後頭照過來，我隱約能看見她的身形。對成人來說，她算是很嬌小——不比梅西高上多少。

「你想要研究我？」我又問了一次。

「沒錯，我就快要有新發現了，非常……」她思索著如何形容，「不可思議。它會撼動整個科學界，重寫人類歷史！莉琪，難道你不想跟著我一同貢獻？不想變得有名？」

站在後頭的瓦頓先生動了一下，害我嚇得胃一陣抽痛。

「老實說我不太想。」我囁嚅的說。

我夢寐以求的生活就是認真工作，照顧鵝群，每天晚上和深愛的人一起吃飯。但她的野心如此龐大，我該怎麼和她解釋？

我深吸一口氣試著說出口。

「小姐，我不想要更多人的關心，不想要人們總是在街上對我指指點點。我只想回到事情發生前……」接下來的我說不出口，說不出「意外」、「雷擊」、「失明」，或是「媽媽在雪地喪生」。它們全在我嘴裡化成空氣消失了。

「莉琪，你的生活已經變了，永遠都不會回到過去。這樣想是沒用的。」

「可是……」我試著要反駁。

「我的研究會創造出不可思議、偉大非凡的奇蹟，」她驕傲的對我說：「有一天它會救活我們深愛的人，或讓死去的人復活。」

「噢……天啊……」

她是認真的嗎？科學真的能做到那樣？

這想法令人震驚又極度害怕，剎那間我感到頭昏眼花。我想起來爸爸是如何稱讚瓦頓先生的研究，說他是天才，有一天會聞名全世界。這代表爸爸一定不知道史坦小姐的存在，但在磨坊路的那晚，她的確是偷偷摸摸祕密的進行研究。

「你該知道，這世界瞧不起女性科學家。」史坦小姐說：「我的研究會從此改變這一切，它會證明女人就和男人一樣聰明、一樣有野心。我們不再只是妻子、母親、姊妹和女兒，我們的名字會被刻在雕像上、紀念碑上，被寫進歷史課本中。想想這些啊，莉琪。」

聽起來真難以置信。但是她如此樂意和我分享，讓我覺得自己很重要，好像她相信她能把最偉大最狂野的夢想託付給我。

「但爸爸不會希望我們留在這裡，」我表示，不曉得還能怎麼回答，「他交代我要馬上回家。」

「別擔心。我會支付優渥的酬勞，答謝你的時間。」史坦小姐回答。現在更難拒絕了。今年春天又溼又冷，人們都在說這樣下去，農作物會種不成，食物會變貴。除了佩琪平安的消息，我們能多賺一點錢，也會讓爸爸開心的。

「你會替我工作，就像你爸爸為我打造架子，雖然他以為那些是給瓦頓先生的，這讓事情比較簡單。」史坦小姐補上。「你覺得怎麼樣呢？答應吧！」

照理應該要說不，然後回家。可是我猶豫了。過去幾分鐘，史坦小姐把我當成一個非得認識不可的大人物，殷勤的和我說話。我的想法變了，就像是沉睡的我終於甦醒。

「噢，莉琪，」在我準備開口前，史坦小姐說：「我們還有客人呢。他們是從倫敦來的大人物，和我一樣想法前衛。他們正在歐洲旅遊，想來拜訪這裡。我希望你明天見見他們。」

我倒抽一口氣。「噢……我的意思是……天哪。」聽起來可怕極了，但隨之而來的是一股蠢蠢欲動的興奮。

「所以說你會接受提議留下來？你們也願意當我的客人？」她問。

「沒錯。」我忍住咧嘴大笑的衝動，開口說：「說定了。」

不過在這件事上我似乎也沒有其他選擇：她仍用力的緊抓住我的手不放。

一名叫露絲的女僕被指派來護送我們到樓上的客房。

「史坦小姐把你們安排在頂樓的房間。」她說。她是稍早替我開宅邸大門的人，「這安排真聰明。」她輕蔑的說。

「什麼事讓她心情不好啊？」當我們跟著她爬上一階階數不清的樓梯時，佩琪悄聲說：「她看起來很煩惱。」

我戳佩琪一下，提醒她這樣不禮貌。「她忙著接待倫敦來的客人，現在還得要照顧我們，沒什麼大不了的。」

到了樓梯的最頂端後，我們走進一扇門，穿越蜿蜒的長廊，但我沒注意到一截向下的臺階，差點踩空飛出去。不過至少我們到達房間了。

「這是你們的房間。」露絲說，一邊打開房門。「雖然我不知道你們為什麼還在這裡，你們應該趁來得及的時候，趕緊回家。」

我想問她那是什麼意思，但佩琪已經擠開我們兩人，衝進客房裡興奮的高聲尖叫。露絲一句話也沒說就離開了。

我猶豫不決的呆站在房門口，思索著她說的話。或許我們應該回家，現在改變主意還不遲。

但佩琪在房裡歡呼得更大聲，還開懷的大笑著。雖然我有些疑慮，但她愉快的笑聲讓我忍不住也笑了。「房間怎麼樣，佩琪？你看到了什麼？」

「太完美了！」她嚷嚷著，一邊把我拉進房間，「這是我看過最華麗的臥房，而且一整間都是我們的！」

我笑著說：「或許一、兩晚吧，但提醒你別被寵壞了。」

不過我知道佩琪說得對：這房間很美，即便是空氣也聞起來輕柔、暖和又奢華。我所有的疑慮都煙消雲散了。

「這床大得不得了，莉琪！床鋪的周圍綴著簾幕，床單是純白色的，枕頭塞著柔軟的羽毛……」她鬆開我的手，跑到房間另一端。「噢！從這扇窗你可以看見全部的景色。」

「像是什麼？」

「有車道、馬廄和樹林……」

她嘰哩咕嚕的說個不停，我聽出來她聲音中的興奮雀躍，這讓我咧嘴笑得更開心。「不管怎樣，這比地窖好太多了。」

「噢，真的是！」佩琪驚呼道：「床邊還有一整罐餅乾，有溫暖的爐火，而且他們放了乾淨的睡衣給我們穿。」

這聽起來美好到不太真實。

我匆匆脫掉鞋子和襪子後，赤腳踩上地毯，循著昏黃的光線找到窗戶。把窗戶微微推開後，吹進來的空氣聞起來很潮溼，似乎快下雨了。我的手肘倚著窗臺，深吸一口氣。

我想露絲可能是小題大做，或是太累又心情急躁。史坦小姐一直都很客氣、很親和，她聰明絕頂才能做這麼重要的工作。我從來沒遇過真正的科學家，而且還是女性。她的言語總是那般令人信服，猶如黑暗中的火花，讓我腦中靈光乍現，從不可能裡看見新的可能。不被她吸引實在太難了，不管怎麼樣，我們頂多在這裡待上幾天——還是在奢華高級的地方。如果我不好好享受，就太沒道理了。

當佩琪走來窗邊找我時，地板發出嘎吱的聲響。

「莉琪，」她嚴肅的說：「希望我們不在時，史派德會活得好好的。」

「牠會沒事的。我們的房子不像這裡奢華，但對於貓咪來說，我們家是個天堂，因為牠有數不清的獵物能抓來吃。」

「像是蜘蛛。」佩琪表示同意。

「蒼蠅。」

「老鼠。」

「還有今早梅西帶來的派……」

敞開的窗戶外頭傳來一陣騷動，我停下來仔細聽，那聲音讓我的血液瞬間凍結。

佩琪也聽到了，「那到底是什麼？」

我沒有回答，也不知道該怎麼說。

那是只有野生動物才會發出的嚎叫，它點醒了我：在伊甸宅邸作客的不只有人類。

21

入夜之後，開始下雨了——起初是無聲的細雨綿綿，後來變成豆大的雨滴不斷敲打在屋頂上。另一個女僕為我們端來晚餐，她搬來一張桌子放在爐火旁，接著在上頭擺滿一道道餐點。佩琪興致勃勃的替我一一解釋：主餐是淋上濃郁奶油醬汁的肉派，一旁有剛出爐的新鮮麵包、削好切片的梨子，甜點有奶油餅乾，再配上溫熱的檸檬味奶油甜酒，上頭還浮著厚厚一層奶泡。

「這根本是給兩位公主吃的晚餐！」她大聲叫嚷。

「對啊，我們是重要的客人，記得嗎？」生怕她在富麗堂皇的溫暖臥室裡，會忘記我們留下來的原因，我特地提醒她。

佩琪吃得狼吞虎嚥，彷彿這是她這輩子最後的一餐，我卻興奮得沒什麼胃口。吃完晚餐後，除了睡覺也沒有其他事能做，我們乾脆鑽進被窩。佩琪立刻呼呼大睡，但我只是靜靜躺著，聆聽所有不熟悉的聲音。外頭，雨滴敲擊著窗戶，風也漸漸颳起，吹得煙囪發出尖銳的哭嚎聲。在宅邸深處，有一扇門開了又關。我把毯子往上拉到肩膀，想趕緊入睡，但眼睛頻頻睜開。我越努力逼自己睡覺，卻越沒有睡意。

這時……

有東西出現在我們窗外。

我猛的坐起身豎直耳朵，我聽到一串腳步聲——有人正在車道上。我腦海中浮現爸爸來帶我們回家的景象，也可能是梅西，甚至是伊薩。一部分的我非常高興，另一部分則不確定自己想離開，而且我們現在受到很好的招待，還有倫敦來的客人急著想見我們。

我跳下床，卻沒在我記得的位置找到窗戶，反而一頭撞上了椅子，痛得我連最後一絲睡意都醒了。當然爸爸不可能在外面，他遠在布里斯托尋找女兒，卻不知道佩琪一直和我待在這裡。而我沒有告訴他或聯絡他，只因為我忙著享受當史坦小姐的座上賓，我感到一股強烈的罪惡感。

漸漸的，我分辨出黑暗中一絲昏黃的光線，那邊一定是被窗簾遮住的窗戶。我告訴自己，檢查一下誰在外頭沒什麼不好。我走到還敞開的窗戶前，傾身倚著被雨水打溼的窗臺，我發現底下有幾個男人正在說話，雖然他們試著壓低音量，但他們激動的急躁嗓音透露出明顯的怒意。我的肩膀隨著傳入耳中的字句，緊繃了起來。

「是誰最後一個餵牠？」說話的人是瓦頓先生。

「是我。今早村裡的小伙子運來死豬後，傑佛斯推說他忙不過來。」某個粗聲粗氣的人回答。很可能就是他撞見我和伊薩在小徑上亂晃，他聽起來不太友善。如果我猜得沒錯，要是伊薩能把紙條交給他就好了。

「你還記得兩天前，牠在晚上逃出去？還有我們差點沒把牠抓回來？」

「記得，先生。」

「這件事已經引起村民的關注，庫克先生。我們絕不允許事情重演，我相信你仔細確認過圍欄？」

「是的。」

「你們把圍欄的缺口補起來了？」

「用石塊補好了，先生。」

「那這隻魔鬼到底怎麼又會逃出去？」

「牠從柵門口逃走。」粗聲粗氣的人回答，顯然他就是庫克先生。

「門口？柵門口？」

接著我聽到揮拳重擊的聲音，不禁皺緊眉頭。

「我們付你錢幹嘛啊？」瓦頓先生近乎嘶吼的說：「你就是懶豬！徹頭徹尾的懶豬！」

他的怒吼聲讓我很緊張。今天稍早他因為犯錯而受到斥責，但現在情勢逆轉，換成他教訓別人。他的憤怒不是因為那隻逃跑的動物，而是因為他覺得自己被羞辱。他就像所有的惡霸，非得把怨氣出在別人身上。

這場突如其來的爭執草草落幕後，他們拿起某樣東西把玩起來。

「庫克先生，你以前用過來福槍是吧？」瓦頓先生問。

來福槍？

我緊抓著窗臺。出動來福槍代表這裡有危險，目前這隻動物只殺了牲畜，但如果牠力氣大到能攻擊更大的目標呢？一個人？

「我們在軍隊曾用過毛瑟槍。」庫克先生不耐煩的回答，他被捶了一拳後變得更暴躁了。

「很好，拿著這些。」

他們俐落的拉動槍機，發出清脆的金屬撞擊聲。

「這些來福槍比步槍更精準。當你清楚的瞄準那隻野獸後才能開火，我們不想浪費子彈。」

也可能是不想傷害到那隻動物吧，我心灰意冷的想著。雖然牠殺死了我的鵝，我還是忍不住為牠感到難過。牠被關在圍欄裡毫無自由，彷彿牠只是一天天等待死亡的降臨，真令人哀傷。我想如果牠真被射死的話，至少會避免更多悲劇發生吧。

那些人離開了，他們的腳步聲變得微弱。現在我聽見的只有滴滴答答的雨聲。

但我身後傳來其他騷動。門「喀」的一聲被推開後，我轉過身屏住呼吸，看見黑暗中閃現蠟燭的火光。

「快來！現在快動身！」說話的人是史坦小姐，「倫敦的客人正在樓下等著見你，我們沒有太多時間了！」

我壓根沒想到那會是誰，但一聽到她的聲音，我就鬆了一口氣，差點出聲大笑，但我馬上感到事情不太對勁。

「現在還是半夜，小姐。你答應我明天才見他們。」

「話是沒錯，但你也聽見雨聲了——有個暴風雨剛形成，如果我們夠幸運的話，我能試驗出新成果。」

我突然覺得很慌張，我還沒準備好要見任何人，更何況是在半夜得把佩琪丟下的狀況。而且我根本不想和陌生人一起度過暴風雨。

史坦小姐一定從我臉上看出遲疑，因為她趕緊握住我的手。「親愛的，你在發抖。」

「我只是有點冷。」我說，試著讓自己聽起來很勇敢。

「那你一定要把這件披在睡衣外頭。」她在我的肩上披了一塊輕柔保暖的布，「好了，感覺好多了嗎？」

那摸起來是一條用上等羊毛織成的披巾或毯子。我又一次感受到被關愛的溫暖，而我唯一要做的就是享受這些寵愛。這真的沒那麼難。

「是的，小姐。謝謝你。」

「很好。」史坦小姐伸手勾住我的手臂說，她的動作和梅西一樣，力道卻更為強硬。「我們走吧，好嗎？」

她說得不像是問我問題，但我應該要有禮貌的點頭回應。

「非常好。客人等不及要見你，莉琪。這件事令人非常興奮吧？」

她的語氣的確讓人為之振奮，我從來沒想過來自倫敦的人會想要認識我。

可是我腦中響起一個微弱的聲音，警告我要小心點。在富麗堂皇的外表下，伊甸宅邸仍疑點重重。首先外頭有拿槍的人，更不用說，樓下房間的架子上擺滿古怪的罐子。但我決定把這些事留到之後再來想，現在倫敦的客人正等著我們。

而且看起來我們時間很趕。

史坦小姐拉著我快速衝下樓，跑過大理石地板的長廊時，就像在冰上滑行般快速。再沿著一條溢滿蜂蠟味的走廊直走，接著走下階梯，彎過轉角後，我們氣喘吁吁的穿過一扇門。

那是一間燭光四射、人聲嘈雜的房間。我們走進去後，交談聲漸漸停下。有人朝我們走來。

「噢，法蘭雀絲卡。」說話的人不是瓦頓先生。這個男人也有著上流社會的口音，語氣卻柔和不少。「我們剛在討論我們的行程。你是知道的，我們急著趕到海岸邊搭船，實在不便多逗留，而且暴風雨快來了。」

「逗留？」史坦小姐尖銳的說：「波西，你們遲了一步，暴風雨早就來了。所以麻煩你，請回座。」

「噢，好吧。就照你說的。」那個人走了回去。

史坦小姐按著我的肩膀，要我坐上一張為我安排好的椅子。我靜靜坐著，心臟卻撲通撲通狂跳，我正面對一群我看不見的陌生人，但我知道他們正盯著我，他們的凝視讓我面紅耳赤。雖然有些不習慣，但我很開心他們不是把我當成怪胎看，而是想認識真正的我。

「親愛的朋友。」史坦小姐說，又變回笑吟吟的樣子。「請容我介紹今晚的嘉賓：莉琪．艾普比。」

她的手從我的肩膀移開，我挺直身子坐好。一陣宏亮的掌聲讓我的臉紅得發燙，我勉強擠出微笑。

「我原本答應你們明天和她會面。」史坦小姐繼續說：「你們會親眼看見她的傷疤，聽到她驚心動魄的故事——保證會精采絕倫。但是……」她刻意停頓幾秒，「你們也知道今天下午天氣突然惡化，有個暴風雨正在形成，所以我安排你們今晚到會客室見見莉琪，因為待會兒我想嘗試一個新的實驗。」

客人們有禮的拍手。一部分的我迫切想知道史坦小姐的計畫，另一部分的我則沉醉在那些掌聲之中，感覺美妙無比，我一點也不想要它們結束。

「莉琪，」史坦小姐在我上方說：「讓我為你介紹，詩人波西．雪萊，和他的……伴侶，瑪麗．葛德溫小姐，以及她的妹妹……」

「異父異母的妹妹，」一個女人插嘴說：「我們的媽媽嫁了同一個丈夫，僅止於此。」

「請原諒我的口誤。以及她異父異母的妹妹，克萊爾．克萊蒙德小姐。」

他們的名字對我沒什麼特別的意義，至少當時是如此。那只是讓我更加頭昏腦脹的一串字。

「現在，為了替我的實驗做好準備，請吹熄房間的蠟燭。」史坦小姐表示。

人們窸窸窣窣的走動，把蠟燭捏熄，原先明亮的房間變得一片漆黑，我開口問現在發生了什麼事，卻沒人回應我。不一會兒，準備工作就完成了。當客人紛紛回座時，房間裡的空氣變得沉悶窒息，而外頭再次颳起了強風。

「你們都很清楚我對電的興趣，」史坦小姐開始說：「想像一下，當我在史威村找到莉琪．艾普比時，我多麼高興。你們已經知道，莉琪曾被閃電擊中卻意外倖存。今晚我們將——」

「小姐，我不確定我準備好了。」我衝口而出，突然間感到忐忑不安。僅僅是閃電一詞，就讓我渾身發抖。

「別傻了。」她壓低聲音說：「我保證你不會受到任何傷害。」

這是第三次她提到我的安危了。照理說，那句話應該會讓我安心，就像披巾和豪華晚餐一樣，但不是如此。

「我不是要忘恩負義，小姐，但是……」

「乖乖坐好！」她的嗓音變得不耐煩，「現在，就像我剛剛說的，我們今晚要研究閃電對人體的影響。」

「是對莉琪的影響。」雪萊先生插嘴。

史坦小姐不悅的嘆口氣，她真的很討厭說話被打斷。「身為科學家，我傾向於從解剖學的角度，將人看作是一具軀殼。」她說。

「可是……」

「波西，請別說了。」史坦小姐說：「這是科學。我就快要有驚人的新發現，那會顛覆全人類的生命，所以別感情用事了。在追求卓越的過程，我們常常要做出困難的抉擇，要思考我們的行為造成的長遠影響。我有信心，這一次我一定會成功。」

聽起來似乎是她曾經失敗過。

22

「什麼是生命的本質？是什麼讓我們從毫無生氣的塵土變成活生生的人？」

外頭依舊是大雨滂沱，淅瀝嘩啦的打在窗戶上。房間內則恰恰相反，呈現一片詭異的沉寂，史坦小姐抓住了所有人的注意力。我不安的坐在椅子上，想像著客人們好奇得整個身子往前傾。

「是什麼力量賜予我們生命？」史坦小姐接著說：「是什麼讓我們能走能動，讓我們張開雙眼，讓我們開始呼吸？」

沒人回答。

「我們不知道答案，」史坦小姐說：「連皇家醫學院也不知道——雖然招搖撞騙的勞倫斯醫生認為他找到了。瑪麗和波西，我知道你們對他讚譽有加，但我相信答案就在這裡。」

她的手重重落在我的肩膀上，我畏縮了一下。

「跟我有關？」我結巴的說。

她繼續說：「一月二十三號，一個不尋常的暴風雪席捲了史威村。兩個在草原上趕牛的人被閃電擊中，一個當場死亡，另一個奇蹟似的活下來。這是意外？是僥倖？還是更複雜的原因？可能是電嗎？」

克萊蒙德小姐掩不住興奮發出驚呼。但是我沒想過史坦小姐會提到媽媽，這讓我感到天旋地轉。這是我的故事，是只屬於我和媽媽的故事。史坦小姐卻把它說成一齣驚心動魄的悲劇，我差點以為這些事是發生在另一個人身上。

「我聽說受害者立刻死亡，她身上唯一的傷痕是燒得焦黑的指尖，靴子被炸得飛離她的腳，它們在二十碼外被找到。」

「可是這位倖存者，」她拍拍我，「也被同一道閃電擊中。這一定代表當電流穿越第一具人體後，喪失了能量，使得它擊中第二個人時，少了一些威力。」

雪萊先生插嘴：「說得棒極了，但是可憐的莉琪臉色慘白，或許可以少講一些細節？」

「噓，波西！」葛德溫小姐說：「法蘭雀絲卡是解剖學家，她當然會巨細靡遺的解釋給我們聽。」

他們或許很感興趣，但我一點也不想聽，那感覺就像有人重重踩住我的胸口。

我用手緊緊摀住耳朵，直到史坦小姐的說話聲變成微弱的嗡嗡聲。當她的語氣變得和緩時，我才遲疑的把手拿開，放在大腿上。

「……所以我學到電力可以被減弱，當威力小到某個程度時，人類便能承受電擊。太過強大的電會導致人受傷，我們這裡的樣本就是因此損壞了。」

我嚥了嚥口水。

她說的正是我，她還一面把我的睡衣袖管拉起。雖然我應該乖乖坐好，表現得符合她的要求，讓人仔細觀看，但我只覺得丟臉到坐立難安。

「別這樣，拜託。」我說，試著把袖管拉下。「我真的希望你不要……」

她不顧我的抗議。「請仔細觀察電擊留下的傷疤，它從手肘到肩膀，再延伸到脖子和下巴。快靠過來看。」

客人站起來時，椅子把地板刮得嘎吱作響。我感覺到他們圍在我四周，紛紛發出「哇」、「嗯」和「我的天哪」。我好希望他們快停止，卻忍著沒說，我還是想讓史坦小姐開心。

「現在回來說我的目的，」史坦小姐表示：「我們知道這領域已經有不少振奮人心的突破——伽伏尼發現青蛙腿通電後會自行抽搐；伏特發現電流可以從一個物體流向另一個。我們也都聽說過對屍體進行的實驗——對象是剛被絞刑處決的死刑犯。」

「我沒聽說過。」嬌聲嗲氣的年輕女人說，她大概是克萊蒙德小姐。「雖然我不確定我是不是真想了解。」

我一點也不想，雖然我沒什麼選擇。

「這些實驗都證明了，電就是生命的來源、生命的本質。」史坦小姐飛快的說：「這簡單得令人難以相信。只要有夠強大的能量，就能為死去的軀體注入新生。想想看，這個知識可以用來做什麼！想想看，有了它，我們將變得強大無敵！」

「你認為，它能讓死人復活嗎？」葛德溫小姐沙啞的問，情緒相當激動。

「我相信可以。我們只需要弄清楚要用多大的電流。剩下的有誰說得準呢？」

房間陷入一片沉默，葛德溫小姐第一個開口，聲音小得幾乎聽不見。「這太不可思議了。如果你說的都是真的，我們就不會因為死亡而失去任何人了。」

我突然領悟到她的意思。所有東西都會逝去，所有人都會死，這就是生命，就和樹會長出樹葉一樣，那是萬古不變的道理。

但是……

人們卻只想相信愚蠢的迷信，像是朝聖草原的隆冬慶典上，人們被各種迷信迷得團團轉。如果科學家找到一個方法，讓死去的人復活，如果葛德溫小姐是對的，這將是不可思議的奇蹟。

可是我沒辦法冷靜思考剛聽到的所有事情。我無法承受，光是想像媽媽再活過來會多麼美好、多麼快樂，就是一種折磨。

葛德溫小姐變得更激動，「波西，試著想像一下，我們最愛的女兒能活過來，還有我過世的媽媽能和我們一起坐在這裡。」

那不可能成真對吧？讓青蛙腿抽搐是一回事，但讓整個人起死回生完全是另一回事。

「我親愛的瑪麗，」雪萊先生試著要讓葛德溫小姐冷靜，「我們現在談的是一種會帶來危險的知識，挑戰生命起源是不為人所容的，這就像人類妄想成為造物主一樣。」

「如果這能讓我們的女兒不用躺在冰冷的墳墓裡，那麼我很樂意當造物者。」葛德溫小姐反駁。

「或許吧，這聽起來很吸引人，可是——」

「我想了解更多。」葛德溫小姐打斷他的話後，窸窸窣窣的走回座位。這位葛德溫小姐散發一股不容人忽視的威嚴，我不知道自己是喜歡她還是害怕她。「法蘭雀絲卡，麻煩你請繼續。」

雪萊先生咕噥了幾聲後坐下。

突然氣氛改變了，這個房間變得不太一樣，連空氣也洋溢一股壓抑不住的興奮氣息，我忍不住跟著期待起來。史坦小姐摩拳擦掌的做好準備。

突然從窗戶那裡閃現一道亮光，我手臂上的細毛全豎了起來。

「是閃電嗎？」克萊蒙德小姐驚呼。

我不知道是不是有人點頭回答了她，我只覺得頭皮發麻，身體左邊的疤痕隱隱作痛，手指頭感到忽冷忽熱，這種感覺奇怪極了。

「我的天哪！看看莉琪！」雪萊先生大喊：「她發生了什麼事？」

刺痛的感覺更加強烈，披散在肩膀的幾綹頭髮似乎飛了起來，我不知道是該笑還是該哭。

史坦小姐狂喜似的拍手叫好。「太好了！這比我預想的還要好！她和電有連結，你們看見了嗎？她先前遭雷擊受傷，沒有比她更好的實驗對象了。」

「實驗？」那個字眼讓我驚訝得愣住。

「沒錯。」史坦小姐說：「那就是你在這裡的原因。」

「可是……」我覺得暈頭轉向，「……我以為你喜歡我，我以為你真心想和我聊天、為我做點紀錄，還有……」發現自己聽起來如此可悲時，我說不下去。

殘酷的真相是我被欺騙了。

「別小題大做，暴風雨要來了，我們必須動作快。」史坦小姐說。

我從椅子起身，或者說我試著這麼做。但她的手又迅速的壓在我肩上，把我推回座位。

「我是一位解剖學家，莉琪。」她從齒縫間忿忿的擠出這些話，「這不是針對你個人，而是為了研究器官和人體，你只是一具血肉之軀罷了。」

剎那間我了解到，我對她而言是什麼。華麗的房間、豐盛的晚餐和甜言蜜語都只是表面的把戲，實際上，我只是另一個裝在罐子裡的畸形生物，或像是那隻正被槍枝追殺的可憐怪獸。史坦小姐想要的只是另一具能供她研究的身體，她不在乎它的生死。她的聲音清楚的表露出，在高貴舉止下，她的心腸和石頭一樣硬，而我只是一團血和肉。

憤怒的熱淚湧入我的眼中。我是多麼笨才會相信她啊，我一點都不想在這裡多停留一秒，但當我再度試著起身時，她強行把我推回去，我的雙腿一軟，「砰」的一聲頹然坐下。

「別亂動！」她厲聲說，接著轉向其他人。「如果閃電擊中屋頂上的杆子，它會引導電流向這些銅製的電線。」她一定指著某樣東西，或高舉著電線，因為客人們一陣驚呼。「我們會把閃電當成電的來源。快啊，我們一定要快點行動！」

整間房間頓時充滿匆忙的腳步聲，還有許多奇怪的聲響：金屬互相撞擊、按鈕開開關關、水滴答的落下。天空又打下兩道閃電，把房間照得通亮，轟隆隆的雷聲跟著響起。

「快點！」史坦小姐吼著：「暴風雨幾乎就在我們正上方，如果現在打雷的話，它會擊中屋頂的杆子。」

我想起梅西曾在屋頂上看到它，還誤以為那是一根旗杆。

「你要對我做什麼？」我問，聽到我的聲音在顫抖。

「我打算要還原你被閃電擊中的那一刻，好觀察你可以承受多少電流。」

我的心臟拚命狂跳，似乎就要衝進我的喉嚨裡。

「不，」我說：「你不能這麼做。」

她企圖想讓我被閃電擊中，然後觀察我能否存活下來。

事情將再次重演。

我感到一陣莫大的恐慌，幾乎要昏了過去。

「不。」我喘著說：「拜託，不要！你必須放我走！」

但史坦小姐叫來其他人幫忙，有更多的手抓住我，我拚命的掙扎，大吼大叫，用腳試圖抵抗，但我根本敵不過他們，有兩個或三個人用力壓制我，扣著我的手肘向身後扳，簡直把我的雙臂弄到脫臼了。

「把她綁緊！確定她不能脫逃。」史坦小姐下令。

繩子緊緊的纏繞住我的手腕，我試著用力拉扯它，想把手抽出來，但我根本動彈不得。這番搏鬥的勝負已定。他們把我綁在椅子上，雖然我努力掙扎，卻只是徒勞罷了。

「這不公平！」我大吼。「你不能把我當成一個囚犯關在這裡！」

「真的有必要把她綁得這麼緊嗎？」雪萊先生問。

「的確有這個必要——看看她多麼不服從！」史坦小姐說：「我不想要有任何差錯。」

這整件事都錯得離譜。

「快放開我！你不能這麼做！」我激動的喊著。

我越試圖抵抗，她的態度就越堅決。

「給我乖乖坐好，你這小麻煩！」有個人動作粗魯的搓揉我的太陽穴、脖子和腳底時，她破口大罵。

「不！」我喊著：「不要！」

接著，她把冰冷的金屬緊貼在剛被搓揉的部位，「喀嚓」一聲，她在我的臉接上密密麻麻的電線。

接著她深吸一口氣，向後退了幾步。

「儀器都架設好了，我相信我們已經準備就緒。」她冷靜的嗓音就像上方的隆隆雷聲一樣令人發寒。「數到三……」

我緊咬住牙，心想就是這樣，沒得逃了。我鼓起勇氣，等待即將發生的事：一道炫目藍光、一股嗆鼻燒焦味，然後我會從椅子上被彈飛開。

但是我沒感覺到任何亮光或閃電，即使有的話，也沒有人會注意到，因為此時大門被猛然推開，女僕露絲沒敲門就慌張失措的衝進來。

「噢，小姐！我有一個非常緊急的訊息！是她爸爸寫的，他已經抵達村莊，要來找他逃家的女兒！」

23

我如釋重負的大聲嘆了口氣。爸爸已經從布里斯托回來，發現我還沒回家，所以冒著可怕的暴風雨出門來找我。

「你最好快點鬆開這些繩子。」我表示：「因為如果爸爸到這裡，看到你打算要對我做的事……」

某個人走過來，站到我的肩膀旁。從她散發的食物香氣和蜂蠟味判斷，我知道那人是露絲。

「那群魔鬼對你做了什麼，莉琪？」她壓低聲音在我耳邊說。

我不敢想像她眼裡看到的景象，如果我能早點聽進去她的警告就好了。「我爸爸說了什麼？」我激動的問：「他是來救我的嗎？」

「那張紙條不是給你的，」她輕聲說。

「什麼意思？一定是給我的。」

「那是來自葛德溫小姐的父親，她……」露絲停住。「和雪萊先生私奔，克萊蒙德小姐也跟著他們。葛德溫先生非常生氣，他要來把她帶回家，避免家族蒙羞。」

所以那是另一個想找回女兒的爸爸，不是我的。我按捺不住，淚水又湧入眼眶裡。

剎那間似乎所有人都起身移動，椅子被推得嘎吱作響，裙子拖過地板發出摩擦聲，露絲則被趕出房間。

「我們必須要立刻離開。」雪萊先生說：「瑪麗、克萊爾，快上樓拿你們的行李。」

進行到一半的實驗就這樣被擱在一旁，我一點都不失望，心裡反而莫名激起一股謝意，感謝葛德溫小姐的爸爸來尋找逃家的女兒時順道救了我。

葛德溫小姐卻沒有這麼高興，她仍然惦記著進行到一半的實驗。

「可是法蘭雀絲卡是為了要展示她的研究給我們看，才精心安排了這一切。我們不能再等一個小時嗎？」她懇求說。

「不，我們不能，」雪萊先生表示：「如果現在離開，我們可以在早上前抵達海岸邊，搭上穿越英吉利海峽的早班船隻。」

克萊蒙德小姐附議，「我同意波西說的。我們應該立刻就走，我們越早到歐洲大陸越好，最好趕快到瑞士。」

我對他們兩人充滿感激。快走，別再猶豫了。瑞士聽起來是個遙遠的地方，他們不是該趁早出發嗎？

「你永遠都只會附和波西說的話。」葛德溫小姐衝口而出。「我個人倒不急著在狂風暴雨下搭船，你知道我暈船多嚴重。」

「暴風雨早上前就會走了。」我說，雖然沒人理睬我。

「才不是呢，我等不及想參觀帝歐達地別墅，聽說從那裡能欣賞到日內瓦湖的絕佳景色，拜倫勳爵邀請我們去，真是慷慨。」克萊蒙德小姐表示。

「他只邀請我和波西，克萊爾。」葛德溫小姐說：「你只是因為沒有其他事好做，才跟著我們不放。」

我猜這兩個女人包準能吵上一整晚，雖然雪萊先生等不及要離開。

「我們別浪費時間了。」他懇求說。

「但我很想知道法蘭雀絲卡的點子能不能成功，」葛德溫小姐哽咽的說，眼淚快奪眶而出。「波西，你想一想這個實驗能帶來什麼，說不定，我們的寶貝女兒克萊拉永遠都不會死了。」

我屏住呼吸，暗自祈禱雪萊先生不會輕易讓步，他們一夥人快點離開。

好險他心意堅決，沒受到動搖。「你的父親非常憤怒，瑪麗。他一心想要回女兒，想要回那筆我曾答應給他的錢。但是你別忘了我們的夢想、我們對彼此的承諾。」

葛德溫小姐嘆了口氣。我想像著她雙手抱胸，就和梅西生氣時一樣。

「我們想要自由、想要做自己。」她喃喃的說：「就像是我媽——好吧，我知道了。」

接著史坦小姐開口說：「瑪麗、波西，你們聽好，我有另一個點子，乍聽有些不尋常，但它或許能幫你們克服失去克萊拉的痛苦。跟我來，你們親眼看看，但我們必須動作快。」

一下子客人全離開了房間，就和當時我匆匆闖進房間一樣快速。不久，有人悄悄跑來鬆開我手腕上的繩子，解開纏在我頭上和身體的電線。

「謝謝你。」雖然我不知道那是誰，但我真心誠意的說。

門被關上後，我一個人待在房裡，不斷搓揉手臂好恢復知覺。驚魂未定的我甚至弄不清剛剛發生了什麼事，但我知道我幸運的逃過一劫，然後我就想起佩琪還在樓上呼呼大睡。

我們必須要逃離這棟可怕的房子，我真是笨極了，才以為我們在這裡很安全，以為史坦小姐真的對我充滿興趣。但我被愛慕虛榮蒙蔽了理智。

伊甸宅邸到處都潛伏危險。

屋外有隻逃跑的野獸行蹤不明；屋內的史坦小姐被野心蒙蔽，就和濫殺牲畜的野獸一樣冷血。她想在這房間裡執行的計畫邪惡至極，不難想像另一個房間，裝滿屍塊的瓶罐裡又藏了什麼陰謀。突然之間，我的腦海中浮現史坦小姐宛如屠夫，一刀刀砍斷動物的頭和四肢，圍裙上濺滿鮮血的景象。

我慢慢的站起來時，感到一陣天旋地轉，等恢復正常後，我試著找到離我最近的一堵牆，再沿著牆面尋找門口。才走了四五步，外頭的一陣騷動讓我停下腳步。

在牆的另一頭，有人正洋洋得意的高聲談話。

「你看到我的槍法了嗎，瓦頓先生？我老遠的就讓牠一槍斃命，不是嗎？」

「的確是。你讓牠死得很乾脆。做得好，年輕人。」

這些人打獵回來了。聽起來，他們已經殺死了那隻野獸。我耳朵緊貼著牆，他們在走廊說話的聲音變得更清楚了。

「小心點，別摔著牠，庫克。她希望牠盡可能毫髮無傷。」瓦頓先生說。

「有些太遲了吧。」粗聲粗氣的人說。

他們彷彿是搬了千斤重的東西似的，累得氣喘吁吁連聲哀嚎。他們的靴子踩在地上喀答作響，等他們走遠後，腳步聲也漸漸消失。

終於找到房門後，我輕輕推開一條門縫，現在走廊一片安靜，但還能聞到野獸身上那股潮溼的森林氣息。

不遠處有一扇門打開了。

「來得正好，瓦頓先生、庫克先生。」史坦小姐說：「客人們剛出發去瑞士了——反正我不認為他們準備好能接受我的研究。把牠抬進來，動作輕點。」

「你不認為我們該埋葬牠嗎？」庫克先生問。

「老天，當然不！」史坦小姐說。門「啪」的關上前，她還說了一串我沒聽清楚的話。

除了轟隆隆的雷聲外，現在四周悄然無聲。是時候該走了，先找到佩琪然後就離開。我沿著牆壁一路摸索，不一會兒身後就傳來一陣腳步聲。

「想趁機偷溜嗎？」瓦頓先生說。

我加緊腳步繼續走，「我和佩琪要回家了，你阻止不了我們的。」

但冷不防有隻手緊抓住我的前臂。看來他很難對付。

「快放手，不然我會告訴史坦小姐！」這些話聽來真是荒謬，但我暗暗祈禱這或許能嚇唬他。

「史坦小姐？她叫我來抓你的，笨女孩！」

我才不會輕易投降。我們在走廊上一路拉拉扯扯、拳打腳踢，活像村莊裡的野男孩。有

一、兩次我踩到溼滑黏膩的東西，摔個正著，但我壓根不想知道那是什麼。

正當我們打得最激烈時，瓦頓先生鬆手放開我。

「夠了！」他喘著氣說：「胡亂打成一團，我們到底在做什麼？」

我才不想留下來跟他討論。

「等一等，艾普比小姐。」當我轉身要跑時，瓦頓先生說：「求求你。」

他的語氣讓我停了下來，他聽起來很怪，很像哽咽的快哭了。

「幹嘛？你想要做什麼？」我說。

他悲傷的重重嘆了口氣。「我一生都渴望能在歷史上留名。你知道嗎，我也有野心，我渴望當第一個征服北極的探險家，」他說：「兩年前，我幾乎要成功了，但當船撞到海上浮冰後，我的船員怕得不敢再前進，他們甚至想叛變，把我推翻。」

外頭繼續傳來震耳欲聾的隆隆雷聲，讓他的聲音變得模糊不清，我不了解為什麼他要告訴我這些。

「你一點也不害怕吧，艾普比小姐？你明明受了傷卻從不放棄，或許我應該把你帶上船的——說不定我們會成功，然後我就能成為使喚別人替我做事的老大。可是現在的我早就失去了野心。」

「我不知道你在說什麼，瓦頓先生。」我說

「真的嗎？難道你不曾想要某個東西想到要瘋了？難道你不曾冒著危險，拚命追求某個目標，只為了功成名就？」

我默不作聲，但在心底我很清楚他指的是什麼，腦中浮現了媽媽在暴風雪中趕牛的景象。那天她完全不想放棄，雖然我永遠都深愛她，但她為此付出太高的代價了，我也是。我沒打算要和瓦頓先生分享這些心事，更別提現在有閃電交加的暴風雨在外頭肆虐。

「我才不會待在這兒，讓史坦小姐稱心如意，利用我實現她的理想，」我說：「晚安了。」才走了一步，我肩上的披巾就被拉住，扯得我跟著向後倒。

「別這麼快，艾普比小姐，史坦小姐還想說服你相信她偉大的研究呢，她希望你能見證科學的奇蹟。」

他突然推了我一把，讓我失去重心轉了幾圈，我覺得頭昏腦脹，分不清現在面對的方向。他趁機將我的手反扣在背後，讓我無法掙脫，他用另一隻手敲了某個硬物，我猜那是一扇門——砰、砰、砰、砰、砰、砰——然後等待回應。我隱約聽到房間裡的零星對話。

「……脖子上中了一槍……」

「……大量失血……」

「……我不相信……」

史坦小姐非常堅決的說：「照我的話做，現在把牠抬到臺子上。」接著另一個人咕噥著：「一……二……三……用力！」有個東西被重重的扔下。

我口乾舌燥，只能勉強嚥下口水。瓦頓先生不耐煩的又連敲了六聲，還是沒有任何回應。我聽到裡面傳來人們走動的聲音，有人嘆氣、抱怨，還有許多東西搬上搬下的聲音。

「等得夠久了。」瓦頓先生低聲抱怨。

他推開門後，我們走了進去。一聞到那股刺鼻味，我就認出這是先前我們從地道逃出來的那個房間。房間充滿陣陣清晰的回音，就和地板牆壁都是磚瓦鋪成的製酪場一樣。我試著不去想有什麼怪東西浮在罐子裡，被高高放置在架子上。

「該死！」史坦小姐從房間深處高聲喊：「我說過你要用暗號敲門的！」

「我用了。」瓦頓先生把我猛力推向前，我踉蹌走了幾步。「如你吩咐，這是你要求的觀眾。」

「帶她進來。」接著她對我說：「我想在你身上做的實驗不如預期順利，莉琪。你現在可以來見證另一項手術，我知道你無法親眼看見，但你可以聽到或是感受到即將發生的事。」

我覺得驚惶失措。「你為什麼還不放過我？我不能回家嗎？」

「如果我讓你現在離開，你就會四處嚷嚷我做的研究多麼邪惡。你告訴了一個人，不一會兒就會傳進所有人耳裡，到時候我的名聲就毀了。」

「我發誓，我絕對不會說。」

「我不能冒這個險，既然你在這裡，暴風雨也還未停歇，我希望你來見證科學創造的奇蹟。雖然今晚沒讓你派上用場，但我們還有那隻可憐的野獸。看完這一幕，你就再也無法否認電擁有創造生命的力量。」

我還來不及抵抗，史坦小姐便押著我走進房間深處，那裡瀰漫了一股血肉混雜的腐臭味，我的腹中一片翻攪。

「把這穿上。」她說，一面塞給我一件像是圍裙的東西。

最後是她幫我穿上，因為我的手抖得太厲害，無法把繩子繞到背後打結。我不敢想像，如果沒有這件圍裙的話，會有多噁心的東西潑濺到我的睡衣上。

「去桌旁站好。」史坦小姐把我安排在她的右側，瓦頓先生和庫克先生則站在我們對面。

「現在，」她說：「我們動手吧。」

24

「手術臺上的動物被子彈擊中後當場死亡，脖子上有一處傷口。」史坦小姐說，聲音變得有些哽咽，「之前是打算拿老鼠做實驗的。我真希望能把這寶貝救回來。」

「但牠又逃跑了，小姐。」庫克先生說：「牠有攻擊性，我們非得開槍不可。」

她沒有接話。

「牠長得可真好，不是嗎？」她的聲音充滿疼愛，我想到我和鵝群說話時也是這樣。

「我們原先有兩隻，希望牠們能交配繁衍後代，可惜母的死了，我們把牠的屍體保存好。你知道嗎，牠也漂亮極了，我們把牠保存在玻璃櫃中……雖然我們的確這麼做了，但牠在運來的路上遇到一些意外。」

一想到佩琪緊抓住死狗標本不放，我的雙頰便發燙，但史坦小姐逕自接下去。

「所以說，」她說：「這隻躺在我們面前的動物，是英格蘭最後一匹狼。」

我用手摀住嘴巴。

狼。

她剛剛真的說是狼。

我出於本能的從手術臺往後退一步。媽媽曾經跟我們說過故事——嚇人逼真的故事——關於惡狼襲擊羊群和在襁褓中的幼兒。如果你在漫天雪地裡，看見一雙閃著嗜血光芒的黃色眼睛，朝你步步逼近，你只能求老天保佑了。「噢，莉琪，牠們不生活在英格蘭，現在沒有了。」她放聲大笑，一面摟著嚇得全身僵硬的我。

但有一隻活生生的狼曾在伊甸宅邸生活，牠多次跑到我們的村莊，殘殺我們的牲畜。我不認為村民會相信這個事實，連一分鐘都不會。雖然證據就在我面前，我也難以相信。

「靠過來檯子這邊。」史坦小姐推著我的腰說。

我戰戰兢兢的往前，聞到一股動物屍體的腥臭味，在那之外，還有一股泥土混雜青草的氣味，這讓我很確定，那晚我在鵝圈旁就是聽見牠發出的嚎叫。現在離牠這麼近，我覺得五味雜陳，恐懼當中夾雜了敬畏。

「如果手術順利的話，你會見證真正的奇蹟。」史坦小姐表示：「在那之前，我希望你摸一摸這隻狼，感受牠死得多透徹。」

突然之間，我不知道原因，但我莫名的想摸牠。我靠得更近了，手懸在半空中，不知道該從何處摸起。

「從頭部開始。」史坦小姐說：「盡可能別摸到牠的脖子下顎，那裡的傷口還沾有血跡。」

我首先摸到的是耳朵。被雨水打溼的耳朵冷冰冰的，而且出乎意料的柔軟、小巧。接著我的手往上移到頭部，柔順的狼毛就和小狗一樣，往下一些是狼嘴，雖然緊緊闔上，我的心跳仍拚命加速。摸完頭後，順勢下來是脖子和肩膀，這兒的毛髮變得粗糙，我把手深深陷進蓬鬆的狼毛中。

「牠是灰色的嗎？」我問。

「沒錯。」史坦小姐表示：「是隻公狼。牠在阿爾卑斯山被捕獲時還未成年，後來運到這裡供我研究。牠是歐洲品系的大灰狼，背部的毛呈現深灰色，腹部是奶油色，眼睛是黃色的。」

我點點頭，手繼續往下移動，我感覺到牠的胸下有一根根的肋骨，牠的後腿有強健結實的肌肉，狼掌大得媲美熊掌。那是十足令人屏息的純粹野性，我想像著活生生的牠盡情奔馳、大口喘氣，用一雙黃色的眼睛巡視四周。

接著我摸到牠的尾巴，死氣沉沉的垂在那裡，一半還落在手術臺外。我眨了眨，哭不出來。

「非常好。」史坦小姐在我旁邊喃喃的說。

這一點也不好。照理說我應該慶幸牠死了，我卻覺得糟糕透頂，這是一隻屬於野外的動物，當牠應該跟著同類在山中自由奔跑時，無知的我們卻妄自插手，奪去牠平靜的生活。雨水仍猛烈敲打著窗戶，似乎正在應和我悲傷的思緒。

「牠死了，我們應該讓牠安息。」我說。

「是啊。」庫克先生表示同意。

瓦頓先生洋洋得意的「哼」了一聲。「史坦小姐，你聽見了嗎？你的觀眾抗議了呢。」

「當他們了解到，我要為死去的愛狼做的事情後，他們會徹底改觀。」她回答。

她匆匆穿越房間，我身後傳來罐子被打開、金屬互相撞擊的聲響，我的胃不安的絞成一團。不一會兒，她走回我的身邊。

「首先，」她說：「我要先把子彈從牠脖子中取出。」

我倒抽一口氣。

「哎呀。」庫克先生聽起來嚇壞了。

「庫克先生，是你開槍殺死牠。」史坦小姐說：「我現在只是要讓牠起死回生罷了。」

我沒預期她會這麼說，但我還是覺得相當狐疑。

「瓦頓先生，」她說：「給我手術刀。」

一道炫目的強光瞬間閃過，所有東西頓時都變得亮白，接著又變得漆黑無比，隨著周遭漸漸轉回灰濛濛的樣子，我又看得見人影了。最靠近我的人影正彎身俯向手術臺，其他兩個則站在對面高舉著燭火，我不可能看錯那些蠟燭的火焰晃動得多麼厲害。

我沒辦法看清楚其他細節，我也不想要，這些聲音和氣味已經足以讓人嚇得發昏。看著史坦小姐傾身向前，如此貼近屍體，用手術刀劃開狼皮時，沒有半點顫抖，我不禁開始懷疑，究竟史坦小姐是不是人類，或者說不定，她只是誇大其詞，實際上只是要從狼嘴裡拔出顆牙齒罷了。

隨著時間一分一秒過去，我慢慢習慣了血腥味，刀子劃開狼皮的聲音也和周圍的噪音融為一體。史坦小姐的動作乾淨俐落、精準仔細，我想到爸爸在做木工時也很細心。最後子彈總算取出來了，它落在鐵盤時發出了清脆的聲響。

「我現在要縫合傷口。」史坦小姐表示。不一會兒手術也完成了，速度比縫補襯裙更快。

三道閃電接連的劃破夜空，幾秒後就傳來雷聲，我周圍的空氣似乎嘶嘶作響，劈啪一聲，頭髮從肩上飛了起來，我一定看起來像頂著一個凌亂的大鳥窩，沒有人多看我一眼，因為史坦小姐正忙著下令，她一邊彈手指一邊咆哮。

「電線！動作快！還有剃刀——夠銳利嗎？」

人們在我身旁奔走，忙著搬下架上的重物，撬開它們的蓋子。在這些騷動裡，那匹狼還是靜靜的躺著。我再次伸手撫摸牠，我的手指碰到了牠僵硬冰冷的前掌。如果史坦小姐是對的，那麼這匹狼的生命能量已經消逝了，牠現在就和一塊木頭一樣毫無生氣。

「現在別碰牠！」史坦小姐推開我，「你會破壞牠的電流，站在原地別動。」

我離手術臺非常靠近，近得能聞到狼的氣味，聽到手掌使勁摩擦狼毛的聲音。

「為什麼要這麼做？」我問。

「要增加靜電，這樣可以幫助攜帶電荷。」她彈了一下指頭，「瓦頓先生，麻煩拿連接器和電線。」

她再度彎身俯向手術臺時，我幾乎能感覺到一個小時以前，那些小金屬片緊貼著我肌膚的冰冷觸感。

「你要從屋頂的杆子導電？」我問。

「沒錯，如果閃電擊中杆子，它會沿著我們架設在屋內的電線被引導下來。而電線已經固定在狼的頭部、狼掌和胸口了。」

「就像你在會客室對我做的那樣。」

「對，那間房間也鋪了電線。」她說得輕鬆自然，好像我們只是在談論壁紙或是地毯似的，我的牙齒卻害怕得直打顫。

電線固定好後，史坦小姐挺直身體，深吸了一口氣。我完全不敢想像接下來會發生什麼事。

一開始房間很安靜。

我唯一聽到的是雨聲，眼角感受到閃電一閃而逝。我的心臟撲通狂跳，大聲得嚇人。一旁的史坦小姐開始倒數：「三……二……一……就是現在！」

霎時間，房間被強光照得通亮，發出劈啪聲響。我感覺到一股熱流竄過全身，幾乎要把我甩離地面，接著一聲震耳欲聾的巨響，我的耳朵出現了嗡嗡聲，舌尖嘗到了金屬的氣味。我很確定地表裂出一個大洞，而我們就快掉下去了。

當這陣巨響變成隆隆回音時，我才意識到那只是雷聲。隨著細碎的爆裂聲止住，一切事物又變回灰色，重歸沉寂。

史坦小姐走到手術臺旁，我猜她正在檢查灰狼的四肢，因為當她走動時，總會先安靜一陣子，再任由重物落下發出撞擊聲。

「什麼也沒有。」她說：「沒有生命跡象。」

手術臺的另一端，瓦頓先生放心嘆了一大口氣，「這可憐的動物死了最好。」他說。

我驚訝的抬起頭，我以為他是最不可能說出這種話的人。

「就讓我把牠帶出去埋了吧。」庫克先生說。

「我的老天！你們的決心在哪？」史坦小姐大吼：「我才不會只嘗試一次就放棄了！站回去，我們再試一次。」

她又開始倒數了，這一次閃電來得更快，刺眼的白光讓我頭昏眼花，我又感受到熱流和奇怪的嘶嘶聲。

然後一切又安靜了。

史坦小姐向前檢查那匹狼。「我們得繼續試。」她說，顯然還沒奏效，「我想我們需要更多靜電。」

她又開始使勁的摩擦狼毛，我趁機伸手——我克制不住自己，前掌、肩膀摸起來有些溫熱，我把手指探進狼毛裡。

史坦小姐一把抓住我的手腕。

「莉琪！我說過不要——」看見我的表情後，她突然僵住，「怎麼？發生什麼事？」

「牠的肩膀抖動了一下，我發誓牠剛剛動了！」

爪子刮過手術臺的聲音證實了我的話。

庫客先生大聲的念著禱告詞。

「噢……我……老天爺。」瓦頓先生極度驚恐的說：「你該死的做了什麼？」

一陣呻吟後，牠慢慢的抖動起身體，晃得手術臺發出嘎吱聲，接著牠微微吼出一聲低沉的咆哮。英格蘭的最後一匹狼復活了，而且牠就站在我們面前。

25

「退後！不准碰牠！」史坦小姐大聲喝道。

我也不打算這麼做。剛剛牠的屍體躺在臺子上時，我發現牠大得和一隻小馬一樣。牠現在像喝醉酒似的，左搖右擺的站起來，牠的龐大身影似乎占滿整個房間。

「不該讓牠復活的。」庫客先生說。

「太遲了。」瓦頓先生咬牙切齒的說：「我們現在該怎麼辦？」

「你不能再把牠關進籠子了，」我說，意識到這主意爛透了，「難道你不能……我不知道……把牠放回你們抓到牠的地方？」

「把牠放回深山？別傻了。」瓦頓先生厲聲說。

「所有人給我閉嘴！你們嘮嘮叨叨，搞得我不能思考！」史坦小姐吼著。

她興奮的高亢嗓音激怒了灰狼。牠如一陣旋風般，帶著手術臺上的電線與器具縱身一躍，伸出舌頭，後腿一蹬把我撞向史坦小姐。

「站好！」她喘氣喊著：「不准動！」

我嚇得蹲下身，蜷成一團。狼繞著房間四處衝撞，撞向窗戶、牆壁，利爪在磚頭刮出尖銳的摩擦聲。蠟燭被撞得七零八落，架上的瓶罐摔到地板破裂，空氣充滿了動物的腥臭味。

「牠發狂了！必須開槍射死牠！」庫克先生吼道。

灰狼終於慢下步伐，在地板四處嗅著味道。

「我要去拿我的來福槍，可以嗎？」庫克先生顫抖的說。

史坦小姐幾乎出聲大笑，「在我做了這些之後？難道你不知道你剛剛目睹了什麼嗎，庫克先生？」

我知道。

一部分的我就和這匹狼一樣吃驚困惑，因為她剛讓一隻死透的動物復活了，她利用電──閃電──那正是殺死媽媽、讓我失明的罪魁禍首。我根本不了解這些靜電、金屬片之間的關聯，更不懂該如何控制電流的大小，我只知道她讓這一切成功了。那簡直是個奇蹟，令人瞠目結舌。

我興奮得激動不已。電真的能讓人像是那頭狼一樣起死回生嗎？這樣的話，媽媽或許就能被救活了。靠著史坦小姐的器材和專業，媽媽現在就可以站在這裡。還有佩琪、爸爸、梅西，我永遠都不會失去他們，也不需要到墓園在他們淒涼可憐的墓前致哀了。

這個願望真是過分的奢求。

難怪葛德溫小姐這麼激動，任何痛失至親的人都會許下這個願望。

我的興奮感突然退去，除了我感受到的那股不安以外，這件事還有其他問題、其他麻煩，史坦小姐雖然創造了奇蹟，卻讓我們必須面對一隻危險至極的動物。而且那股味道……那味道……

「有東西燒焦了。」我說。

他們只顧著爭執，沒有人聽見我說的話。此時狼發出了嚎叫，似乎是準備好要一躍而起。

「給我掃把。」瓦頓先生說。

「來福槍才是你真正想要的武器，先生。」庫克先生說。

「如果你們誰敢碰那隻動物一根寒毛，我會立馬叫你走人！」史坦小姐怒吼。

「叫我們走人？」瓦頓先生說：「哈！我們得先活著走出這裡。」

「噢，別危言聳聽了。」

「我只是很實際！」

史坦小姐深吸了一口氣，「我一點也不想聽你的實際考量，瓦頓先生，那根本沒救活你在北極的船員不是嗎？我也不相信那現在會救活你。那匹狼只是被嚇著了，牠不會咬人的。」

我倒不這麼肯定，因為灰狼的喉嚨裡不斷發出奇怪的咆哮聲。燒焦味也變得更嗆鼻了，雖然房裡沒有起火，我卻聞到了煙味。

史坦小姐曾說過，為了要取得電力，屋頂的杆子必須在暴風雨裡被雷擊。我知道當閃電擊中東西時一定會引起火勢，那麼被電擊過的屋頂是最有可能起火燃燒的地方。當我想起樓上被窩裡有個人還安穩熟睡時，我的血液頓時凍結住。

佩琪。

「失火！」我說，一開始只是聲音顫抖，接著卻陷入了恐慌之中。「失火了！噢，天啊，發生火災了！」

我記得門就在右側，我搖搖晃晃的往那裡走，卻撞上了一疊箱子和椅子。

「站好！別跑！」史坦小姐喊道。

我不知道她是不是在說我，我也不在乎。

一聲淒厲的尖叫聲。

「啊啊啊啊啊！」瓦頓先生嘶吼著說：「給我滾開！我求求你！」

那匹狼狂暴的揮動狼爪，在牠的怒吼下，有東西喀的應聲斷裂。聽起來像是發生了可怕的事情。接著傳來像兔子被剝皮時的撕裂聲，但是氣喘吁吁的咕噥聲證實了那是一個人。

我把耳朵摀住，怕得根本不敢想像接下來的事。最要緊的是要找到佩琪。

走廊上濃煙密布，我不記得哪條路通往伊甸宅邸的主棟——要往左邊還是右邊？我挑了左邊的路，走到盡頭卻撞上一堵牆。我一面咒罵自己，一面沿著原路往回跑。每走一步，煙霧就更加濃烈，我的喉嚨緊縮感到灼熱。當腳下從石板地變成大理石地板時，我知道我抵達了大廳。

到處都是人們的叫喊，他們從一間房間跑到另一間拚命灑水，沒有一刻可以浪費。突然有人大喊：「把這女孩帶走！這裡不安全！頂樓起火了，整間房子很快會被燒毀。」

我被發現了。

有一陣腳步聲朝我奔來，中途卻停下。「但我得先裝滿水桶！」

「快去裝！動作快！」

一陣手忙腳亂之中，他們忘了我。

我找到最近的一扇門，趁別人伸手把我抓去外頭前，迅速開門躲進去，把門緊緊關好。

現在我在一個像是櫥櫃的地方，周圍一片漆黑，我不知道下一步該怎麼做。濃煙已經嗆得我連聲咳嗽，但我必須找到佩琪。

當我來回踱步時，我的腳趾頭意外撞上某個堅硬的東西。我發現那是一截階梯，還有其他階梯向上延伸。我猛然一驚，原來這不是個櫥櫃，這大概是僕人走的祕密樓梯，當他們拿著衣物和夜壺爬上爬下時，才不會被大人物撞見。我緊抓著扶把，匆匆跑上樓。

樓梯沒有連接任何樓層，向上一路蜿蜒了彷彿數十哩。煙霧變得更濃更熱，吸進的每一口空氣都像是利刃般，刺痛我的肺。樓梯的最頂端，溫度太高，空氣幾乎被耗盡，我聽到了頭上劃過奇怪的咻咻聲，聞到了煙味、木頭味，還有我頭髮燒焦的味道。明亮的火影在我眼前舞動，另一波熱浪朝我撲來。

佩琪就在這裡某處，我必須要找到她，但我不記得哪個房間才是我們的。如果媽媽在這裡，她一定記得，她一定也有勇氣往前走，而不是停在原地遲疑。

「想啊，莉琪，快動腦想。」大聲說出來之後，我立刻咳了起來。我唯一的希望就是依照之前的經驗：沿路摸著牆壁前進。

我用空出的手摀住嘴巴，沿著廊道往前走。我頭頂的咻咻聲變得更響亮，煙霧濃得彷彿張口就能嘗到，溼透的頭髮緊黏在臉頰和脖子上。

突然我踩空了，向前一撲，膝蓋重重著地。但當我又站起來時，我放聲大笑，那一截討厭的臺階又再次騙到了我，這代表我就在我們房間外了。

房門早已敞開。

「佩琪？」我喊著：「你在裡面嗎？快起床！我來救你了！」

先前找窗戶撞上的椅子又該死的害我跌跤，我也因此找到床在哪裡。被單已經被掀開，整張床空蕩蕩的。我鬆了口氣，雙腿一軟，但根本沒時間停在那裡多想，正上方的天花板發出哀嚎，灰塵落在我的臉上、掉進嘴裡，我一面咳嗽，一面找到了門口。踏過廊道的那一截階梯後，我停下來乾嘔。

走回樓梯頂端時我猶豫了，我的頭暈得像是要飄離肩膀。但沒關係，一切都不重要了，佩琪已經跑出去了，她很安全，一切都會沒事。我眼前的一切看起來全閃著火光，然後牆壁朝我塌下來。

26

我醒來時躺在溼漉漉的草地上，雨還繼續下著。有幾秒鐘的時間，我就只是躺在那兒，任由雨水浸溼皮膚。我又感到反胃，作嘔的味道和煙味使我頭疼。當我張開眼睛時，我注意到某個亮晃晃的東西在樹林間閃爍。

「你沒事了，我們及時把你救出來。」一個熟悉的聲音說，她把一杯水塞進我手裡。那是女僕露絲。「但我想他們應該救不了房子。」

我顫抖的坐起身，「我的妹妹在這裡嗎？她逃出來了？」

「噓，現在放輕鬆。」她說：「是的，你的妹妹也出來了。」

「噢，真是太好了！」一放鬆下來，我又開始連連咳嗽。

「靠過來這兒，喝點水。」她拿走那杯水，把它舉到我嘴邊。「史坦小姐和瓦頓先生和你在一起嗎？大家四處都找不到他們，我不敢去想出了什麼事。」

我也不敢。但我知道我永遠忘不了摸到狼的感覺，探進狼毛裡的手感受到底下肌肉的抖動。我也絕不會忘記瓦頓先生的尖叫。兩件事會追著我一輩子。

我又吸了一口水。最好開始想怎麼找到佩琪。

「我的妹妹在哪？」我說，心想她應該就在草地上的某處。

「她離開好一陣子了。」露絲說。

「離開？是回去村莊嗎？」

她沒回答。

「發生什麼事？」我說：「佩琪在哪？」

「她幾小時前就跟那些客人走了，」露絲不安的飛快說著：「他們離開時非常匆促。我知道我不該說這些讓你擔心，但你妹妹看起來不太甘願。當他們一得知葛德溫小姐的父親來找她之後，他們就請庫克先生的兒子載他們趕到港口，好搭上早班的船到法國，接著再去瑞士。我親耳聽到他們說，要帶著佩琪一起……」

「去帝歐達地別墅。」我喃喃的說。雖然思緒一片混亂，這個遙遠的地名卻蹦進我腦中。它也帶出了嚇人的想法。

葛德溫小姐受到史坦小姐的激勵，開心得近乎發狂。一旁的佩琪被綁在椅子上，密密麻麻的電線布滿她的頭，就像我先前的遭遇。

這是他們帶走她的原因嗎？

他們太渴望史坦小姐的研究能成功，所以決定自己動手拿佩琪做實驗？當時他們任憑史坦小姐對我實驗，還熱切的在一旁圍觀，現在則不擇手段強行擄走一個孩子，即便她一點也不願意。

而我現在已經來不及救她了。

是這樣嗎？露絲正在說道路變泥濘的事，「下了這場雨，他們如果能趕上早班的船就真的非常幸運了。」

我踉蹌的站起身。如果我在破曉前趕到海岸邊，說不定能在佩琪和葛德溫小姐一行人的船出發去歐洲大陸前，及時找到她。

但當我抵達史威村時，村裡已經傳遍火災的消息，街道就和白天時一樣擠滿人。

「整個伊甸宅邸都起火了，很難救回來了。」有個人說。

「哎，糟透了！」另一個人說：「浪費了所有家具和銀飾，它們比整個村莊加起來還有價值。」

「我聽說他們找不到那個叫瓦頓的科學家。」

沒有人提到史坦小姐。但話說回來，他們怎麼會呢？他們大概連她的存在都不知道。

「不好意思，但我的妹妹失蹤了，」我插嘴說：「我必須要去找她，有人能帶我去海岸邊嗎？」

我想他們大概沒聽到我說的，所以又試了一次，「誰能帶我去海岸邊？拜託，求求你們。」

「我們都知道你妹妹失蹤，莉琪．艾普比，也知道你爸爸已經出發去找她了，」其中一個人說：「現在你別管這個了，快回家，這裡每個人都忙著處理今晚的火災。」

我開始慌了手腳，「那些伊甸宅邸的人抓走了她，現在他們搭著馬車要去趕船了！」

「聽聽她說的啊，她神智不清了。」這個人正在說我。「還穿著髒兮兮的睡衣在外頭閒晃。」

我才剛從火場裡跑出來，根本忘了我看起來一定糟透了，我用手試著把最糟的地方都遮起來。我也開始覺得冷了，雖然現在雨停了，但是夜晚的空氣仍相當冷冽。

「你們一定得幫幫我，拜託了！」我喊著。

「回家吧，小姐。」第一個聲音又開口了。很明顯的，這裡的人不會給我任何幫助。

我繼續向前走，經過村莊綠地和教堂後，轉彎走進磨坊路。村民全站在家門前議論紛紛，周遭還有馬匹的嘶鳴聲，牠們正被套上馬鞍，以及水桶被堆在一塊兒撞擊出的哐啷聲。看來有不少人要去伊甸宅邸幫忙救火。

「有人要過去海岸嗎？」我逢人就問：「我必須要找到佩琪。她今晚稍早被一輛馬車載離伊甸宅邸。」

「這如意算盤打得真好，不是嗎？趁著火勢開始前趕緊開溜。」有個女人站在門廊說。

我狠狠瞪著說話聲的方向。「如果你想暗示什麼，告訴你，她跟火災一點關係也沒有。」

「當然沒有啊，就像是她不需要為憑空消失的動物負責一樣。」

「但那不是她，她才沒做錯任何事！」

「是，你說得都對。」那女人說完，便在我面前甩上大門。

我站在那裡頭昏腦脹。雖然我非常努力不要尖叫或哭泣，但我已經在崩潰邊緣了。

這就是事情接下來的發展嗎？佩琪成為箭靶——我們整個家族都成為眾矢之的。從現在起，每當厄運降臨史威村，都會是我們的錯。不論是命運、星象或只是天氣不好，都會被歸咎給艾普比一家，因為他們的媽媽總是做的比說的多，最後自食惡果。

「莉琪？你在那裡做什麼？」

我抬起頭。「梅西？是你嗎？」

「當然是我啊，你這傻瓜！」

我沒有發現自己走了好長一段路，已經到烘焙坊前了。在我上方幾呎，梅西從臥室的窗戶探頭出來，我高興的哭出來，眼淚順著臉頰落下。

「你到底發生了什麼事？」她驚呼道：「你看起來糟透了！」

「現在別問這個。」我說：「聽好了，我需要你的幫忙。有人抓走了佩琪，我必須去找她。」

「我會跟你去。」梅西說，一面把窗戶關上走進房間。

「不，梅西！等一等！」我大喊。

窗戶又打開了。「怎麼了？」

「聽著，這件事非常嚴重，我必須要在天亮前趕到海岸邊。」

「海岸？天哪，莉琪，到底發生什麼事？」

我不知道該從哪說起，所以我決定要長話短說。

「拜訪伊甸宅邸的雪萊先生和葛德溫小姐帶走了佩琪。他們正趕去搭船，馬上就會航越英吉利海峽。我必須今晚離開史威村，才可能找回佩琪。」

「所以我不能跟你去？」

梅西總是如此貼心。

我很掙扎要不要接受她的提議。有她幫我看路會是個莫大的幫助，更不用說她的陪伴了。但是這件事麻煩又棘手，把她拖下水似乎不太對，而且她還有自己的工作得完成。

「你媽需要你待在店裡幫忙。」我說：「而且如果要搭便車的話，只有我們其中一人會比較容易。祝我好運，希望我會在一、兩天內回來。」

是有些可能我不會那麼快回來。如果我沒搭上船的話，我會拚了命走到瑞士的。我不會一個人回來。我想梅西也猜到了。

「好吧。」她沉默了許久才說。「站在那等一下。」安靜了一會兒後，她又出現在窗邊。「接好，穿上這些。」

有個柔軟的東西飄落在我旁邊的石子路上，但緊跟著沉重的「咚、咚」聲。我伸手在地上摸索，找到一件乾淨的洋裝、披巾，上頭有著烤麵包的香味，以及一雙梅西的舊鞋子。

「謝謝你。」我快速的套上衣服，覺得神清氣爽許多，「如果我爸爸比我早回來的話，告訴他我去了哪。」

「我會的，祝你好運，莉琪。你媽會為你感到驕傲的。」

我咧嘴微笑說：「謝謝。」接著我莫名想起伊薩。「你今天有看見伊薩・布萊克嗎？」

「呃！我怎麼會想見他？」她突然氣呼呼的說。

「你看見過他嗎？」我重複問了一次。

「今天早上他有來店裡，當時我們忙得不可開交，之後他又不斷過來，所以媽媽叫他滾開。他今晚對著我的窗戶猛丟石頭，說有緊急的事要告訴我。老實說，我以為你和他在一塊兒。」

聽到伊薩已經回到村莊，而不是受困在燒毀的宅邸某處，我真是鬆了一大口氣。我曾希望他去向梅西示警，或至少告訴她，我被他丟在穀倉裡結果失蹤了。這樣聽來，他已經盡力了，或許他還願意幫我的忙。

「別把他想得太糟，梅西。」我說：「他其實人很好。」

「什麼意思？我以為你討厭他。」

「我今天發現他善良的一面。而且你該知道，他還很迷戀你呢。」

和梅西告別後，我匆匆走回街上，一心想要找到伊薩農場。走了不到二十碼，我聽到兩個男人正吵得不可開交。

「絕不可能！搭馬車辦不到的，從這裡到海岸要整整三十哩，你絕對不可能早上前抵達的。」

「我必須要辦到，先生。不然我女兒的船會開走，那我為了找到她所盡的努力都白費了。」

第二個說話的人聽起來不像當地人。從他說的話判斷，我很快就知道他是誰。

「你一開始就應該盯好你的女兒，對不對？最近在這裡女兒流行搞失蹤，不論在道路的左邊、右邊或正中間，她們都能走失。」

「所以，你不幫我了對嗎？」

「我怎麼幫得上呢？你需要一匹強壯的馬兒，才能在泥濘地上拖動馬車。」

「附近有誰會有這些呢？」

我知道答案，因為我也在尋找同樣的東西。

輕咳幾聲後，我拍了拍他的手臂，希望我沒猜錯他是誰。

「如果你是葛德溫先生，而你的女兒叫作瑪麗，那我可以幫你不少忙。」

毫無疑問，葛德溫先生和他管用的雙眼也會給我莫大的幫助。

27

當我們在爛泥巴裡，舉步維艱的朝迪客農場前進時，葛德溫先生愉悅的侃侃談起倫敦和他的書店。我聽得心不在焉，滿腦子不停想著佩琪，想著為什麼他女兒要帶走她。到了最後，我不得不開口問。

「不曉得。」他說：「這件事真讓人想不通，雖然我的女兒容易不假思索的衝動行事——她撒手人寰的母親也是。可憐的瑪麗，不久前才失去了還在襁褓中的小女兒，她受到很深的打擊。不過帶走別人的孩子也不能解決事情啊。你的家人想必非常擔心。」

他的回答稍稍減輕我的擔憂。

我唯一想到能幫我們的人是伊薩．布萊克。他住在村莊的外圍，所以應該還沒聽到伊甸宅邸的火災或連帶引起的騷動。這也代表他是個很難被叫醒的人。

「你確定這是對的窗戶嗎？」葛德溫先生問，他已經朝那扇玻璃窗丟了無數顆石頭了。

「我從梅西．馬修斯那兒聽來的呢，她的話準沒錯。」

但為了避免我們找錯人，我請他再往窗戶丟最後一顆石頭，但這次要特別用力。幾秒過後窗戶打開了。

「究竟在搞什麼？」伊薩喊，然後他的語氣變得困惑，「莉琪，到底是……我的意思是……哎呀……你竟然在這！」

「沒錯，是我。現在我需要……」

但伊薩逕自繼續說：「今早你出了什麼事？我試著回頭找你，但傑佛斯把我趕出宅邸。當我一回到村莊，我立馬去找梅西，可是她不願意聽我說。」

所以我的直覺是對的：他曾試著要提出警告。

「聽著，伊薩，我們需要你的幫忙。說真的，非常需要。」

「我們？」

葛德溫先生從陰影中走出來介紹自己，解釋了關於他女兒的事。

「另外伊甸宅邸發生了火災，」我補充說：「那地方被燒成廢墟了。」

不出所料，伊薩總是把他養的豬放在第一順位。「所以即使他們沒有把我趕出去叫我別再來了，他們明天還是不會需要半隻豬？」

「我想不需要了。」如果那頭狼逃過大火，牠也一定躲不過庫克先生的槍口。我迫不及待想告訴伊薩所有我發現的事，但這些得等一等了。「你可以幫我們嗎？我們必須在早上前抵達海岸。」

伊薩連一秒也沒有遲疑。

「沒問題，聽候差遣。」他說。

他動作快速，幾分鐘之內，他就幫馬裝好鞍具、套上馬車。我們一爬上後座，伊薩便揮動韁繩，隨著輪子滾動，馬車「嘎」的一聲晃了一大下，我們便出發了。

前幾哩路走得相當緩慢。車輪和馬蹄濺得泥巴四處飛奔，左搖右晃和時停時走的步調，弄得我暈頭轉向反胃極了，那也可能是大火害的。但當我們一駛進主要道路，我便急切的挺起身子坐好，我太熟悉這裡了。這是一條沿著山稜線筆直前進的舊時古道，上頭鋪著平滑乾燥的白堊石，兩側則是一望無際的曠野平原，如果在晴朗的晚上來這兒，能看見星星宛如檯燈似的發出明亮的光芒。媽媽說這個地方相當古老特別，我幾乎能感覺到我的皮膚隱隱刺痛著。

我們一起擠在窄小的硬板凳上又駛了好幾哩，路面漸漸變得崎嶇不平，布滿了碎石子和馬車壓出的車轍，平穩好走的古道到最後成了遙遠的一場夢，每次馬車猛然的晃動和劇烈的撞擊都震得我背脊直發麻，連牙齒也跟著打顫，不僅頭陣陣作痛，連肩頸也痠疼，我開始幻想改用步行走完最後的幾哩路，或在腦中想像任何能讓我分心的東西，好讓我暫時忘記骨頭快被震散的痛苦。

前方的道路忽然向下傾斜，坡度陡峭，馬兒慌亂的用後蹄煞住。伊薩輕柔說話的安撫馬兒，直到牠甩甩頭，準備好再前進。我們穿越林蔭遮蔽的道路後，轉上一條顛簸的小徑。現在周遭已經沒了泥巴味，變成了鹹鹹的氣味，微風吹來的鳥鳴變成了海鷗的啼叫。我屈膝緊抱著膝蓋，試著保持溫暖。我注意到葛德溫先生變得非常安靜。

這條路帶著我們走到城鎮的入口，當我們走進後，店面從泥巴地變成了石子路。太陽已經掛在天邊閃著刺眼光線，街道聽起來異常熱鬧。

「快啊！」我喊著：「噢，拜託快點！」

筋疲力盡的我們駕著馬車沿路快速奔馳，我不難想像我們全身沾滿泥巴、風吹雨淋的狼狽樣。但最重要的是趕上船隻，我們得分秒必爭。

「船還停在碼頭嗎？你有沒有看見什麼？」我起身離開座位問。

「只看見你的膝蓋。坐下！」伊薩吼道。

當我們左轉後，道路變得更繁忙了，每個人似乎都擠著要前往和我們相反的方向。

「看起來不太妙。」伊薩說。

「繼續向前，年輕人。」葛德溫先生回答：「只有到港口那兒，我們才知道船開走了沒。」

我的手緊張得不停抖動，我只好把他們壓在屁股下。船很可能還沒開走，現在才剛剛破曉而已，但是我的內心升起一股不祥預感，覺得惴惴不安。終於伊薩用力的勒住轡繩，馬車慢下速度停了下來。

「我們到了。」他說：「這是我能最接近港口的地方。」

我們四周有許多車伕在叫喊，並對他們的馬匹咂舌頭下指令，每一輛馬車到這裡便轉向離開，人們在路上走動穿梭，而聚集在一塊兒的魚販正高聲談笑，用比我們家鄉更濃的口音，叫賣著剛從海裡捕回來的新鮮魚貨。

「你最好爬下馬車，港口就在轉角那裡了。從這兒是看不到什麼的，」伊薩注意到我的遲疑說：「我會找個地方停下馬車等你。」

我點點頭，輕拍一下伊薩的臂膀。

「你真是個好人，伊薩．布萊克。」我聽到自己說。「我以前可能錯看你和梅西了。你回去後找她聊聊吧。」

他害羞的咳了幾聲，「噢，是喔，好吧。」我腦海裡描繪出他耳朵泛紅的畫面。

葛德溫先生爬下馬車時，晃得馬車發出嘎吱聲，我跟在他後頭縱身一跳，結果雙腳重重的落在石子路上時，感到猛然一震。他扶著我的手肘帶我穿越人群走到岸邊。他不斷攔下路人，詢問他們是否曾看見葛德溫小姐。

「我們正在找一位大約十八歲左右的年輕女士，身材嬌小，留著一頭偏紅的金色長髮，她身邊還有一位年紀相仿的女士，以及一位個頭高但相當瘦的紳士。」

「還有一個穿著綠色連身裙的女孩，」我補上：「留著淡金色的鬈髮。」

沒人看過他們。

當我們抵達港口時，周遭聽起來非常安靜。過分安靜了。

「你看見了任何帆船嗎？還停在這裡吧？我們可以走到船邊嗎？」我急忙的說了一串。

葛德溫先生停了好一陣子，沒有說話。

「沒錯，有一艘帆船，」他的聲音哽住，「但我判斷，它駛離岸邊有半哩了。」

我的心變成鉛塊似的直往下沉。我們晚了一步，我們要找的船已經離港了。

「這麼說這就是終點了，我們盡力了。」他拿出手帕擤了擤鼻子，「或許某天他們會回來的。」

「先生，但他們只是出發去瑞士，不是去月球啊。」我說。

「親愛的，我已經老到不適合為了追趕他們，越過整個歐洲了。實際上，那裡對我而言大概就像月亮一樣遙遠。祝你有個美好的一天。」說完，他便離開去找輛馬車載他回倫敦。

我詫異的望著他的背影。就這樣了，是嗎？他要放棄了嗎？我只希望我們的爸爸更有堅持下去的毅力：至少我知道我會。

這是生平第一次，我沒有去想媽媽會怎麼做，我沒有聆聽她在我腦海裡的聲音。這一次，我相信自己的判斷。即便是要去法國、瑞士和帝歐達地別墅，我也會把佩琪找回來。

明天一定會有另一艘船的。

第三部

讓點子起飛

日內瓦湖畔的帝歐達地別墅，一八一六年六月

28

直到天亮，莉琪才說完故事。當光線從百葉窗底透進來時，她的頭終於頹然垂下。菲力斯心裡一驚：她該不會……有可能嗎？她胸口的上下起伏告訴他，不，她沒有死，只是單純睡著了。

他暗自鬆了一口氣後，站起來活動他的雙腿，在昂貴的椅子上坐太久，坐到雙腳都發麻了。

「我得上床休息了。」瑪麗揉著雙眼說：「等她睡醒後，過來叫我好嗎？」

「我猜她會先去找你，」菲力斯回答：「她鐵了心要找回她妹妹。」

瑪麗皺起眉頭，「所以說你相信她？你真認為我們從伊甸宅邸帶回的孩子就是她妹妹？」

低頭望著熟睡的女孩，現在菲力斯終於知道她讓他想起誰了。她的頭髮是金棕色，而非淡金，直溜溜的，一點也不鬈翹，但她像極了昨天他在雪萊家窗戶看見的那張臉。她一定非常愛她的妹妹，即使雙眼失明，仍千里迢迢的從英格蘭過來，而且獨自一人。

「莉琪非常勇敢。」菲力斯說。

瑪麗起身整平裙子的皺褶，「我只能說，她說的故事棒極了。」

菲力斯睜大眼睛凝視瑪麗。

「她不是只為了說故事而來，」他說：「她告訴我們的似乎就是真相。」

「噢，」瑪麗遲疑的說：「噢，我懂了……天哪……所以你真的相信她說的一切？」

「我相信，沒錯。你應該小心的是你的朋友，這位史坦小姐不是你以為的樣子。」

瑪麗再次頹然的跌回椅子上，蒼白的臉瞬間變得茫然。

「你說得對。」她說，雙手抱住頭。「雖然我很難承認，但關於伊甸宅邸的事，莉琪沒說錯。那晚，我們是搧風點火的幫兇。」

當瑪麗抬起頭時，神情非常陰鬱。「噢，菲力斯，我想我鑄下了不可挽回的大錯。」

不到一個小時，莉琪就醒了過來。

「我妹妹！她在這裡嗎？她很安全嗎？」她試著要起身，卻又跌回沙發椅。

「噓，你還是很虛弱。」瑪麗說：「過幾天當你體力恢復了，我們會帶你去見她。」

可是菲力斯不認為這件事可以等，而且他現在越來越習慣直接表達他的想法。

「瑪麗，你的房子離這裡不過是短短的路程，」他說。「我們今天處理完這件事對大家都好。」

現在換成瑪麗露出驚恐——而且萬分疲倦的神情。他也覺得眼睛痠澀，彷彿沙子跑進去似的刺痛難耐，頭也昏沉沉的。最後他們決定先吃完早餐再說。

當他們準備離開時，注意到前門被上鎖。

「是誰在後頭跟著你，莉琪？」菲力斯回想起他昨晚把大門上鎖的原因，開口問道。

「準確來說，不是跟著我。她搭上同一班穿越英吉利海峽的船，當我睡在貨艙時，她大概是待在高級船艙享受吧。一直到我們在法國的碼頭靠岸時，我才知道原來她也在船上。」

菲力斯和瑪麗互使了一個眼色，不約而同都說明是：「史坦小姐」。

「所以你認為她也正趕來這裡？」他不安的問。

「我很確定。我在碼頭聽見她四處找人載她到瑞士。我敢發誓，不管在哪裡我都能認出那個聲音。」

「她提到過帝歐達地嗎？」瑪麗問。

「她提到了你，女士。她似乎帶了沉重的大行李，裝著要給你看的東西。但沒有一位車伕肯幫忙，老實說，他們聽起來全嚇壞了，拚命找藉口推說馬車太小、老馬沒力氣，我想她得花不少工夫才能找到人載她——但我沒有留在那兒聽完。我必須比她更早找到佩琪。我不信任她，女士，一丁點也不。」

「那我們最好動作快。」菲力斯說：「瑪麗的別墅不遠。」

外頭，暴風雨已經過去，留下一片洗淨的晴朗藍天，地面溼答答的，樹梢和草叢還掛著豆大的雨水。等到他們穿越蘋果園，抵達雪萊家的別墅時，菲力斯腿上的襪子早就溼透了。就和平常此時一樣，窗戶還是緊閉著，即使是昨天菲力斯瞧見有個孩子露出臉的小窗戶也關得緊緊的。瑪麗帶著他們走進大門。

「我們最好別吵醒波西和克萊爾，」她說：「我們不想把事情弄得更複雜。」

他們躡手躡腳的穿越靜悄悄的房子，上樓時，高低不平的樓梯讓莉琪一個踉蹌，失去平衡，還好菲力斯使盡全力，及時拉住她的手，他注意到她渾身發抖。在閣樓的臥房裡，微弱的光線只夠他看到一張狹窄的小床，和一團在被單下鼓起的人形。

「克萊拉寶貝。」瑪麗輕柔的說，走過去坐在床邊。「有人來找你了。」

睡著的那個人動也不動。

「克萊拉？」莉琪皺起眉頭。

菲力斯猛的吸了一口氣：瑪麗死去的孩子就叫作克萊拉。他終於開始了解為什麼她會做出這種事，為什麼她會帶走別人的孩子，還想把她變成自己的。她不能救回親生女兒，但她或許可以給莉琪惹上麻煩的妹妹一個更好的生活。不可否認，這件事依舊是錯得離奇，但或許是出自一顆善良的心。

莉琪撥開菲力斯的手，衝向瑪麗的聲音。「佩琪！噢，佩琪！」

被單底下的人快速的坐起身，嚇了菲力斯一跳。

「莉琪？是你嗎？爸爸在這裡嗎？」

有個小女孩從被單下冒出了頭。雖然現在瑪麗已經掀開被單，卻很難清楚看見她的樣子，因為床上的兩人緊抱住對方，披頭散髮的哭成一團。

「感謝老天，我找到你了，」莉琪啜泣的說：「我們來寄信給爸爸，告訴他你平安無事，他一定會如釋重負鬆了一大口氣。噢，佩琪。」

默默的看著他們，菲力斯覺得他的喉嚨也哽住。他希望瑪麗也把這一切看進眼裡，雖然她可能會很難面對，但毫無疑問的，這兩個女孩是親姊妹。最後，她們終於鬆開擁抱的雙手——莉琪的眼睛哭得紅腫，而佩琪一看到菲力斯時，便咧嘴微笑。

「我昨天從窗戶望出去時，看見的是你對吧？你是誰呢？」她問。

「他是……」

「那是……」

「我是菲力斯，」他打斷瑪麗和莉琪的話說，走上前一步，並伸出手，「非常高興能認識你，佩琪。」

她直盯著他的臉，沒辦法將目光移開。他猜她大概從未見過黑皮膚的男孩。依舊是堆滿笑容的她用力的握了他的手，用力到他們的手臂晃了一大下，這讓他們兩人都放聲大笑。

瑪麗站在窗邊，離他們有些遠。她又變回了原本的瑪麗：深不可測的安靜沉著。但菲力斯知道，在她冷靜的外表下心碎了。他略微知道那種感受，那種當你期待和某人共度未來時，最終卻失去他們的感受。

他鬆開佩琪的手後，站到瑪麗身邊一起遙望藍天。

「彗星還高掛在那裡。」他說，今天它看起來變得更小，光線更微弱了。

「人們說它招來了很多厄運。」莉琪坐在床上說。

菲力斯瞇起眼望著天空，想起了他的媽媽。當他們的船要出發去歐洲時，她曾經站在甲板上說，連今晚的星象都為他們祝福。

「看！」她指著夜晚的星空大叫：「看啊！」但他除了一片漆黑外，什麼也沒看見。

今天的天空相當明亮，太陽正從山頭升起；今天一定會更美好。不單是對找到妹妹的莉琪，對他而言也是。在過去的幾個小時內，面對危險的他依然沉著冷靜，瑪麗不僅採取了他的建議，還很信任他，他證明了自己不只是一位普通的僕人。如果他能跟拜倫勳爵一起去倫敦，或許他不會再因為膚色而備受冷眼打量，而會因為真正的他而受到肯定，或許生活會真的變好。

瑪麗的神情仍相當嚴肅。

「一顆彗星不會左右你的命運，莉琪。」她說：「它怎麼能做到呢？科學家說它只不過是石頭和冰罷了。」

莉琪忽然陷入沉思，「在媽媽過世以前，她對彗星帶來厄運的說法嗤之以鼻。但當這些可怕的事發生在我們身上後，我認定彗星就是罪魁禍首。但是我想或許媽媽從頭到尾都是對的。」

「它看起來像顆星星。」菲力斯說。

「拖著一條尾巴的星星。」佩琪補上一句，走到窗邊和他們站在一起。

瑪麗露出虛弱的微笑，「那也不是星星。但比起人們信以為真的荒謬迷信，星星或許還好一點。」

「或許吧，」莉琪說：「那真是一顆古怪的星星。看起來很不一樣，卻非常美麗。」

菲力斯連連點頭。這個房間裡的每一個人都異乎尋常，卻各自擁有獨特的美麗之處，他很喜歡和她們待在一起。

「可是它不會決定你的命運。」瑪麗說：「只有你自己才能掌握。」

她說得對，菲力斯心想，未來是由他選擇的，他不需要再當那位被烙印下字母S的男孩，他自由了——而且很有能力，這感覺就像是他獲准表現出最棒的自己，而不是當個只迎合別人期待的傀儡。

外頭傳來一陣逐漸靠近的馬蹄聲，在環繞大湖的蜿蜒小徑上，有輛馬車從林間駛出。它在帝歐達地別墅外停下，車上跳下一位穿著斗篷的女子，她邁步穿越蘋果園朝著雪萊家走去。

是朝著他們走來。

「快走！」瑪麗大喊，一面焦急的把他們趕出臥室，「最好別讓史坦小姐看見你。」

莉琪點頭，露出非常畏懼的神情。

「別害怕，你很安全。」菲力斯向她保證。「她無法再傷害你了。」

但聽完莉琪的故事後，他很清楚史坦小姐的能耐——任意對人類和動物進行實驗、偷偷在半夜拐走小孩。他一點也不想和她打上照面，現在最好由瑪麗出面應付。

當他們好不容易跑到樓梯頂端時，史坦小姐卻開始猛力的拍打前門。不一會兒，整間屋子的人全被吵醒了。

「怎麼了？有緊急狀況嗎？」雪萊先生穿著睡衣走出來說。

克萊蒙德小姐匆匆的跟在後頭，「是拜倫嗎？他是來找我的？」

瑪麗推開菲力斯，趕忙走下樓，「波西、克萊爾，回去床上吧，我處理就好。」

睡意朦朧的他們嘀咕了幾句便離開了。瑪麗對菲力斯示意：「如果動作快一點，你們可以偷溜出——」

前門的拍打聲變得更加急躁。

「瑪麗嗎？我必須和你談談！」史坦小姐的呼喊聲清楚的傳來，「每件事都出錯了！」眼看躲不了，瑪麗只好無奈的束手投降去開門，她的身影快速消失在走廊盡頭。

菲力斯看了莉琪一眼。

「你準備好了嗎？」他輕聲說。

她點點頭，佩琪則滿臉疑惑，她看起來瞬間年紀更小了。

「握好你姊姊的手。」他對她說。

他們躡手躡腳的緩緩走下樓梯，踩到其中一階時，樓板嘎吱作響，大聲的猶如老舊船隻的鳴笛聲，嚇得菲力斯大氣也不敢喘。

「現在該往哪邊走？」等他們終於走到一樓時，菲力斯問。

「那裡有後門。」佩琪說。

「快走吧。」莉琪說。

但佩琪動也不動，「不行，後門就在廚房旁邊，那代表……」

「我們得先穿過大廳經過前門。」菲力斯說，意識到他們的處境有多棘手。

「噢，」莉琪的手緊握住佩琪，「我們現在該怎麼做？我們不能呆站在原地，如果史坦小姐看見佩琪，她可能會想把她抓回去。她可能還會……」

「噓！」菲力斯嘶聲說：「別胡思亂想，我們會找到地方躲的。」

他往四周巡視一圈，又長又窄的走廊兩側有許多扇門，但他不知道它們通往哪裡，這裡顯然沒地方藏身。底下的大廳傳來喀噠的腳步聲，還有急促的交談聲。

「噢，完了！」佩琪喊：「他們要來了！」

29

菲力斯不假思索的抓起門把，推開最近的一扇門。裡頭似乎是一間宴客室，書本散落各處——架子上、桌子上、椅子上。

「就這裡了。」他朝著身後的女孩們招手。

門才剛剛關上，走廊上的腳步聲便雙雙停下。

「我們在圖書室裡談吧。」瑪麗說。

他們要進來了。

菲力斯抓住莉琪的手臂，「快！低下身子！」

當圖書室的門打開時，他們才剛巧溜到一個書櫃後頭躲好。菲力斯試著平息自己的喘氣聲，他探頭瞄到瑪麗帶著某人走進房間，並關上門。那女人和瑪麗一樣嬌小，荷葉邊的圓帽下微微露出亞麻色的頭髮。

這就是史坦小姐啊。

她看起來不像是科學家，但他心想，他也不知道科學家看起來應該是什麼樣子。而且他們三個根本沒有躲好，如果史坦小姐稍微往四周瞄一眼，就會發現三個小腦袋。莉琪顯然也察覺到了，因為她伸手摀住佩琪的嘴。

史坦小姐沒有被邀請坐下。她站在那兒，雙手不斷搓揉。「我是不得已才來找你的，瑪麗。你離開的那晚，伊甸宅邸發生大火，我所有研究、所有實驗都被燒毀了，房子也保不住——全部燒成了灰燼。」

瑪麗冷冷的望著她，「嗯，我全聽說了。」

「你從報紙上看到的嗎？」

「不，我親耳聽說了，法蘭雀絲卡，那個人當時也在現場。」

史坦小姐的雙手停止搓揉，緊緊握成拳頭，用力得連指關節也泛白。「所以那女孩還是從大火裡僥倖逃過一劫啊。那天晚上，有人在走廊上看見她試著爬上樓，所以我才推測她沒能走出來。」

「我打賭，她一定希望我死了。」莉琪用耳語輕聲說。

「她千里迢迢的來這裡找她的妹妹。」瑪麗說：「現在我已經知道那晚在伊甸宅邸發生的真相，我非常後悔竟然對你的研究感興趣。」

「瞧瞧你自己！」史坦小姐猛的提高嗓門，「你絕對不能相信那個女孩，我試著說服她我的想法可以實現，我給她看所有的心血結晶，瑪麗。如果那個小叛徒現在跑來你這兒，散布關於我實驗的不實謠言，正如我擔心的那樣，我發誓我會讓她後悔莫及——還有她討人厭的妹妹。」

菲力斯感覺到一旁的莉琪變得緊繃，她握著佩琪的手緊按住胸口。

「我建議你改一改你的語氣。」瑪麗冷酷的表示。

但史坦小姐繼續說：「那些女孩在哪？我立刻就要見她們。」

她開始在房間來回踱步，這讓菲力斯非常緊張，雖然他們在書櫃後盡可能的蹲低，但她只需要往書櫃後頭一瞥，就能輕易發現他們。

「夠了，法蘭雀絲卡！」瑪麗喊道，她一把抓起史坦小姐的手肘，嚴肅的凝視她的臉。

「你一定得停下，你已經製造夠多麻煩了。」

兩個女人互相狠狠的盯著對方，但當史坦小姐垂下頭時，爭執結束了。「我什麼都沒有了。」

莉琪仍緊握著佩琪，輕吐出一聲嫌惡的「噁」。菲力斯也希望瑪麗不會被說服。但他擔心過多了。

「所以你是來找我要同情的？」瑪麗鬆開史坦小姐的手，往後退了一步說。

史坦小姐一臉驚愕，「是啊，我想你或許能幫助我完成計畫。我失去了一切，我沒騙你，瑪麗。我不能現在終止我的研究，尤其是當——」

「你的人生裡已經有太多東西了，」瑪麗打斷她，「太多野心，太多點子，甚至是太多錢。」

「那是我父親和祖父的錢。」史坦小姐說：「我根本不認為——」

「那是在甘蔗田裡蓄奴，藉著剝削別人賺來的黑心錢吧，」瑪麗忿忿的說：「你告訴過我，你的祖父堅持要在他所有的奴隸身上烙印字母S，連小嬰兒也不放過，我從來沒忘記。」

菲力斯的手不由自主的摸向手臂。難道這就是他的傷疤S代表的意思嗎——S代表史坦（Stine）？

他感到一陣暈眩。

他不曉得這是不是某種不幸的巧合，還是一種訊息，提醒他還有許許多多的人，有著和他相似的傷疤。一下子他湧起好多感觸，有好多話想說。但當他望向史坦小姐時，他只看見一個打扮邋遢、身材矮小的女人，她無法使喚房裡任何一個人，更別說是企圖擁有他了。

「你說你失去了一切？」瑪麗問：「我看你是想找我們要錢吧，就像我父親經常做的。」

「嗯，恐怕是如此。我所有的家產都花光了，得靠舉債維生。我在想，或許波西能從他繼承的遺產裡，撥出一點借我。」

瑪麗非常堅決的搖頭。「不，法蘭雀絲卡，這不可能。你聽著，我們也失去了一些東西。那位你好意安排讓我們收養的女孩，從頭到尾都不是孤兒，她的家人深愛著她，千辛萬苦的跑來就是要找回她。」

「但那不是……」史坦小姐支吾的說。

整個房間陷入了一片沉默，史坦小姐又開始搓她的手，可是菲力斯無法把目光從瑪麗身上移開，她看起來似乎隨時都會動手傷人。

「你為什麼要讓我帶走那個女孩？」她問：「為什麼要陷害我？」

「是為了要減輕你的痛苦。」史坦小姐說，嗓音顫抖。「我不能讓你的女兒復活——現在還不可能，我的研究還沒那麼厲害——當我看見你還為克萊拉的死那麼傷心時，我非常痛苦。」

這麼說這個奴隸主的女兒真的有感情？菲力斯很好奇那會是什麼。

「身為你的朋友，瑪麗，」史坦小姐說：「我很想幫你。」

這讓菲力斯忽然想起波里多利醫生和他扭傷的腳踝。人們為了要在葛德溫小姐和雪萊先生心中留下好印象，常常會做出令人費解的奇怪舉動。但這件事又是另當別論了。

「你只是隨便撿到一個可以任你擺布的小孩？」瑪麗說。

「拜託，這是個誤會。瓦頓先生帶錯女孩給我了，我想研究的是莉琪．艾普比，而不是她的妹妹。但當我聽到她的故事——她說她失去媽媽，村民們又怪罪於她——我想你可以給她一個新生活。」

「所以你決定撒謊？這些都是你一手策畫的嗎？」

「我……嗯……」

「老天，法蘭雀絲卡！」瑪麗厲聲說：「你不只是聰明——你聰明過頭變得扭曲了！」

「現在我還被毀了。」史坦小姐的雙肩頹然垂下。「唯一能證明我畢生心血的只剩下一隻狼。」

菲力斯往莉琪的方向看了一眼，她的臉蒼白得毫無血色。

「不久之前，我相信你的研究，法蘭雀絲卡。但我看到這會造成什麼傷害，你提出的方式不能解決人們喪失親人的哀痛，我甚至不確定是不是真的有解決之道。」瑪麗又變得嚴肅，「我很抱歉，我不能再幫你了。關於狼的事，我已經聽說了，但我不認為我完全相信，況且，你也不可能走了這麼遠的路，把牠帶來這裡。」

「但是真的有那頭狼！牠被子彈射中一命嗚呼，我卻讓牠起死回生！」史坦小姐大喊，手指著房門。「牠就在外頭的籠子裡。」

「這是要幹什麼？」

「要證明我的研究值得繼續進行，我希望你是第一個看見牠的人，這樣你就會領悟到，過不久實驗就能大功告成。忘了你聽到的一切，好好聽我說，我有縝密的計畫，也有野心。我們提的這頭狼是從阿爾卑斯山抓來的，我想再從其他地方抓另一隻母狼和牠交配。」

瑪麗雙手交叉放在胸前。「再抓另一頭狼？說實在的，這太超過了。」

「牠需要同類，以前牠有一隻母狼陪伴，但母狼死後，牠孤單的生活讓牠變得凶狠殘暴，你知道牠在英格蘭殺死了我的助手嗎？」

「原來瓦頓先生死了。」莉琪喃喃說道，表情非常驚恐。

瑪麗沒有說話，她的沉默已經表達了一切。

「你不願再幫助我了是嗎？」史坦小姐問。

瑪麗搖搖頭。

「那麼我得找人殺死這頭畸形的怪獸，是這樣嗎？」

「如果真有這頭狼的話，是的，我認為你應該這麼做。」瑪麗回答：「我先警告你，假如你膽敢再靠近艾普比姊妹，我保證我會親手把你送進新門監獄，或是其他讓你生不如死的地方。你聽懂了嗎？」

史坦小姐疲弱的挺起身子。「是的，瑪麗，我懂了。」

沒什麼話好再說了，態度冷漠的瑪麗生硬的帶著史坦小姐走出圖書室，她們往大廳走去的腳步聲慢慢變小。

「瑪麗是對的，是法蘭雀絲卡・史坦才該被關進籠子裡。」莉琪說：「我非常樂意把她送進監獄。」

菲力斯阻止了她。

「放下吧，都結束了。」他說。他恨不得許多壞人能遭到報應，但這不會改善任何情況，只會讓自己也覺得很糟糕。「你已經平安找回佩琪，所以試著想想其他好事吧，像是終於能回家和你父親團聚了。」

莉琪把佩琪摟得更緊了。「還有別再撒愚蠢的謊言了，佩琪・艾普比，你要回家和深愛的家人團聚，聽到了嗎？」

佩琪點點頭，露出有些吃驚的表情。

菲力斯的腳因為坐得太久變得麻木，他站起來。「我們該走了。」

這一次他們從容不迫的找到後門，雖然途中嚇到一位正在廚房忙著準備早餐的女傭。他們瞇著眼走進陽光下，今天暖和多了。菲力斯發現自己的心思又飄到倫敦那兒——太陽光照的河流閃閃發亮，岸邊矗立數棟高大的白色房屋。在他的幻想中，它們就像塗滿鮮奶油的蛋糕，精緻而夢幻。

「你們要怎麼回家呢？」他問莉琪。

「我想是照原路回去吧。」

「你有錢嗎？」望著她破爛的洋裝和磨破的雙腳，他猜她身無分文了。「因為我存了一點，如果你們搭便車回到法國後，那些錢應該足夠讓你買船票度過英吉利海峽。」

「你已經對我們太好了，我們不能再拿你的錢。」莉琪說。

「不，我們可以。」佩琪說：「至少我們可以用借的。」

但莉琪心意已決，「不行，我們不能拿。先寫信告訴爸爸我們平安無事後，我們會找份工作賺取回家的旅費。」

「那至少讓我問問莫里茲太太，看看她需不需要你們幫忙。」菲力斯說，讓他們在帝歐達地別墅多待上一陣子，似乎是個很完美的計畫。他懷疑莉琪會點頭同意，因為他們一邊走路時，她把勾著他的手抽回去了。

「菲力斯，你記得你剛說過要想想好事嗎？」她說。

「嗯。」

「在我們回英格蘭前，有件事我想在瑞士完成。那是件好事，而且誰知道，或許那能讓我們都獲得平靜，」莉琪發出一陣緊張的笑聲，「這件事有點危險，而且是絕不能告訴其他人的祕密。我需要你們兩人的幫忙，佩琪，這和一隻動物有關，所以你一定會超級喜歡。」

回到帝歐達地別墅後，莫里茲太太把莉琪和佩琪徹底打量一番，彷彿她們是要拿去市場拍賣的豬肉一樣。

「好吧，既然她們想要一個新的開始。」她說。但就像菲力斯一樣，她對於她們經歷了這麼遠的長途跋涉，以及在旅程中展現出的勇氣，深感佩服，而且這些女孩渴望回到爸爸身邊的決心打動了她。於是當她們吃完早餐後——對莉琪來說是第二頓了，她胃口很好——莫里茲太太便遞給他們乾淨的長圍裙和帽子。

「這裡只歡迎勤勞工作的人。」身為管家的她說：「你們很快就會賺到能買船票的錢了。」

如奇蹟般快速康復的阿嘉莎才剛和兩個女孩認識，就對她們非常友好。一開始菲力斯看到她們工作時咯咯咯笑成一團的樣子，還覺得有些嫉妒，但至少阿嘉莎不會再找他麻煩了。不管如何，他有正事要忙，或是更精確來說，他忙著說謊。為了讓莉琪的計畫順利進行，他兩者都做了不少。

對拜倫勳爵，菲力斯抱怨他牙疼得厲害，拜倫馬上就給他一小瓶能舒緩疼痛的鴉片酒。對莫里茲太太，他表示自己身體虛弱，希望今天的餐點能換成生肉，好補充體力。在晚餐時間，他佯稱自己仍舊很不舒服，因此早早就被吩咐回床上休息。對於大家對他的體貼關心，他覺得有點愧疚過意不去。要麻醉一匹狼，真需要使出渾身解數。

夜深之前，他們就完成準備工作了。那匹灰狼正躺在馬廄中的木籠子裡呼呼大睡。雪萊先生和拜倫勳爵都不想開槍射死牠。

「我的天哪，當然不，」雪萊先生表示：「我才不吃肉，所以我幹嘛要殺死牠？」一向是動物愛好者的拜倫勳爵說，一聽到要殺死如此俊美的動物，就讓他倒盡胃口。負責照顧勳爵的波里多利醫生則堅持，殺生會違背他作為醫生的信念。所以會改由當地的農夫明早拿著來福槍來執行任務。

莉琪原先想借一隻馬來幫忙載狼，但最後他們決定靠自己徒手搬運。只要傾身靠近狼，就能聞到一種專屬掠食者和荒郊野外的強烈氣味。菲力斯很懷疑他的手會永遠洗不掉這股味道，佩琪則一點也不擔心，她堅持出發前要摸一摸狼頭，就像對待老朋友似的和牠說說話。

「我們該出發囉，」當他們要離開馬廄時，菲力斯告訴佩琪，一邊輕輕將她的手從狼身上移開，「你要負責帶路，跟著羊群爬上山的足跡走，一直要走到足跡消失的地方。」

要抬起這匹沉重的大灰狼很有挑戰性。菲力斯扛著牠的肩膀，每前進一步，巨大的狼頭便左搖右晃垂往不同方向。莉琪則負責抬後腿，雖然她連連喘氣，不時發出疲憊的呻吟，但她仍跟上速度走得起勁。他們必須時常停下，特別是路面變得越來越陡峭之後，要隨時注意腳下的石頭和鬆軟的泥土。

氣溫變得更低了。晴朗的夜空中布滿閃閃發亮的星星，很快的他們已經爬到海拔高到會降霜的地方，結霜的地面被踩得唧嘎唧嘎，冷冽的空氣使他們的肺如火燒般疼痛。

「那是彗星嗎？」佩琪指著天空問。

菲力斯停下來換成另一肩扛狼後，抬頭向上看。他沒有馬上認出彗星，因為它現在小得猶如一個小光點，其他星星反而顯得更大更明亮。

「那顆奇怪的星星正逐漸遠離我們，莉琪。」他說。

「很好。」莉琪說：「很快就換這隻狼了，不然我發誓我的手臂快斷了。」

他們拖著緩慢的步伐，吃力的向前走了一哩後，終於抵達松樹林。這裡的草長得細瘦，地面大都是碎石和光禿禿的大岩石，零碎蓋著上一個冬天留下的殘雪。視線之外的高處，傳來冰川吱吱嘎嘎的擠壓聲，彷彿陣陣詭異的呻吟。

「這裡看起來是個野放牠的好地方。」菲力斯說，在森林邊緣停下腳步。

他們輕柔的把灰狼放在地上，心情非常愉快。當他們挺起身時，莉琪用指尖輕碰牠的頭，「再見了，可憐的動物。我希望你的同伴們會比人類對你更友好。」

佩琪試著張開雙臂把狼環抱住，臉頰緊貼著狼毛。

「牠馬上就要醒來了，我們最好退開來。」菲力斯說，牽起佩琪的手輕輕拉開她。

他們蹲在一顆幾碼遠的大岩石後頭。寒風像刀割似的刮過菲力斯的肌膚，他身旁的莉琪牙齒冷得直打顫，最小的佩琪卻像石頭似的動也不動，眼睛直盯著那匹狼。

狼突然醒了過來，牠一躍起身，嗅了嗅空氣後打了個噴嚏，踉蹌走了幾步後，先伸長前腿，再分別伸展兩隻後腿，如舞者般的輕點掌尖。接著牠四處狂嗅猛吸，包括地面、附近的樹木、每一顆石頭和石縫中的每一株草。終於，狼了停下來，把頭一仰發出長嚎。

嚎叫聲讓菲力斯全身起滿雞皮疙瘩。如果這就是莉琪聽到從伊甸宅邸馬廄裡傳出的聲音，不難理解她為什麼感到好奇。那是一種令人揪心的哀傷哭嚎。

然後，最不可思議的事發生了。

森林中冒出了兩道黑影。

「是狼！」佩琪倒抽一口氣。

菲力斯感覺到他的胸口鼓脹起來。

這些野生的狼輕巧無聲的走到這頭新來的狼前，嗅嗅牠的氣味後，將牠圍住繞著打轉，咧嘴露出牠們的尖牙。牠們體型比抓來的這頭狼更巨大，有一隻是雪白色的，右耳缺了一塊，另一隻有著不易被發現的深色狼毛，但牠銀藍色的眼睛在月光下閃閃發亮。他們的狼垂著耳朵低伏在地上，垂下尾巴溫和的擺動，好像忽然間變得害羞。

「牠想要交朋友。」佩琪噓聲說：「就像我們村裡的狗兒，如果牠們喜歡對方也會這麼做。」

不久之後，那些狼果真玩在一起，牠們互舔對方的鼻子，一開始動作慵懶得像是在試探對方，接著牠們發出信任的低吼，縱身一跳，肩並肩的繞圈，並不斷擴大圈子。就像是牠們知道有人在觀看而刻意表演，菲力斯心想。當遊戲變得太粗暴時，白狼會快速輕咬一下灰狼的後腿，牠會立刻停止，匍匐在地上打滾，其牠狼也會跟著氣喘吁吁的停下，拚命搖動尾巴。

這場有趣的表演持續了一陣子。菲力斯雙手抱膝，在莉琪耳邊低聲解釋發生的一切，他希望她能和他一起充分感受那個當下。

最後，有個東西引起狼群的注意，可能是一隻貓頭鷹，或是躲在林間的小鹿。牠們豎直耳朵，動也不動的站著，接著灰狼用鼻子磨蹭了白狼的臉頰後，牠們便一起邁著大步跑進森林。

隔天當雪萊家前來吃午餐時，正巧輪到菲力斯負責服侍用餐。

「我聽說昨晚那匹狼逃走了。」雪萊先生說。

「是的，先生，牠逃跑了。」菲力斯回答。

「我很高興，牠值得重獲自由。」

舀起一整瓢蔬菜——但不能有肉——放到雪萊先生的盤子時，菲力斯在心裡默默同意。但他很難集中精神專心工作，特別是當坐在桌子另一端的拜倫勳爵正大聲的談論他。

「所以你認為菲力斯有成為紳士的潛力，是這樣嗎，瑪麗？」

「沒錯，你應該帶著他回倫敦，把他留在這荒郊野外太浪費了。」

菲力斯努力憋住笑意。只要拜倫勳爵開口問他，他就會不假思索的答應去倫敦。但話題很快就轉個方向。

「你的鬼故事呢，瑪麗？你想出來任何一個嗎？」

瑪麗對菲力斯使了一個眼神。

「我相信我想出來了。」她說：「實際上，我想趁著記憶猶新的時候，今天就動筆開始寫。」

當菲力斯迎向她的視線時，彼此的心裡都明白了。

他知道她的故事會屬於他們所有人：他、莉琪、佩琪，甚至也有瑪麗。故事將被重新編織，加入那些未曾被訴說的部分，並添上寓意。

而且它一定會讓人嚇破膽。

後記

倫敦

一八一八年一月

30

令菲力斯吃驚的是，昨晚竟下雪了。它不像山頂積雪那般深厚，也不像他曾在帝歐達地別墅聽聞的奇怪紅雪，但它非常漂亮，一時之間，倫敦的屋頂和底下嘈雜的街道看起來如全新白布般潔淨。他由衷的嘆口氣，感到相當愉悅，今天將是特別的一天，而這座城市彷彿也和他心意一致。

他們興奮得一大早就起床了。

「下雪天裡貓咪不會出門的，史派德也是。」佩琪站在敞開的大門前，和一群繞著她打轉的小貓們站在門階上，望著雪花飛落在她的腳邊。「鸚鵡也不大喜歡，更別提水獺了。」

「那就快把該死的門關上，冷死人了。」莉琪朝她喊著。她盡可能的坐在離爐火邊最近的位置，用叉子在火上烤早餐要吃的吐司。在她對面坐著喝茶的是她們的爸爸。這些日子以來，他開始懂得享受女兒們鬥嘴的樂趣：他知道那是出自一種深切濃烈的愛，不管是誰或任何事都無法改變。

但生活的確改變了，出乎意料的是他們很快就適應了新生活。此時，正有一隻亮綠色的鸚鵡低空飛過廚房，最後停在莉琪的肩膀上。對任何人來說，這可能是一幅奇特的景象，而且莉琪腳邊還躺了一隻正縮著身子熟睡的狐狸，她的腿上則坐了一隻羽毛蓬鬆的母雞。但對菲力斯、佩琪、莉琪和他們的爸爸來說，這就是最正常不過的日常生活了。

他們在一年前來到倫敦。拜倫勳爵最後決定不返回英格蘭，而和波里多利醫生改去義大利，希望能藉此讓緊迫盯人的克萊蒙德小姐打退堂鼓。但他的確給了菲力斯一個新職位。

「當我不在的期間，我需要有人看管倫敦的房子。」他表示。「我也有一些動物在那裡，實際上是非常稀奇的品種。如果可以的話，找些人來照顧牠們。」

那一天菲力斯就把他的東西全打包成一個小行李。他搭船前往英格蘭，但是他沒有順著泰晤士河抵達倫敦，他先到了一個叫史威村的偏僻村莊。馬車在泥濘的道路上連趕了兩天的路，當他終於抵達，全身僵硬又腰痠背痛的跳下車時，他發現許多人全盯著他直瞧。

「很明顯的，他不是附近的人。」一個男人說，一邊上上下下打量菲力斯。

「沒錯，漢斯先生，他不是。」另一個人說：「如果他是為了找伊甸宅邸而來的話，恐怕要大失所望了。」

但的確有兩個人對他很友善——一位名叫梅西的漂亮女孩和她的心上人伊薩·布萊克。

梅西還給了他一整個裝滿橘子瓣的紙袋。他們很清楚他能在哪裡找到莉琪和佩琪，一刻也沒耽擱的就帶他過去。

在屋頂覆滿青苔的小木屋旁有個後院，當他在那裡被一群呱呱亂叫的小鵝包圍時，他宣布了消息。

「莉琪，你願意和我到倫敦嗎？佩琪，那你呢？」

她們像是沒聽懂他的問題似的不停眨眼。另一棟小屋子裡冒出一個高大黝黑的男人，顯然他是她們的爸爸，他想知道這麼吵鬧是怎麼回事。

菲力斯突然很驚慌。莉琪的袖子高高捲上臂膀，兩手各夾著一隻鵝，看起來健康又強壯。佩琪牽著爸爸的手前後晃動，咧開嘴微笑。而在大概半哩之外的墓園則安葬著他們親愛的媽媽。他無法想像他們怎麼會願意離開這個地方。

但史威村不只有家人、鵝群，還有像梅西和伊薩的好人，史威村也有它陰暗的另一面——村民總愛品頭論足、說長道短，討厭任何和他們不同的人事物。他稍早爬下馬車時就領教過了。對艾普比一家而言，在這裡生活不總是那麼容易。當菲力斯聽到莉琪和佩琪最後回到英格蘭時，她們的爸爸特地到南安普敦的港口去迎接，他便曉得這家人永遠不可能再被拆散了。

最後他們沒費什麼唇舌，爸爸就同意一起去倫敦，因為伊甸宅邸被燒毀後，他多數的心血也都付之一炬。

「去一陣子也好，看看倫敦長什麼樣子吧。」他說，雖然大家都知道真正的原因是他不能再讓寶貝女兒離開他的視線了。

他們在去年一月搬到倫敦，如此蓬勃發展的城市裡，每天都有新居民湧入、新建築落成，很多地方都需要爸爸的木工手藝。同時，莉琪就和菲力斯一樣很快的愛上倫敦，這裡的生活多采多姿，有好多值得去體驗的事情，她每天都可以出門，即便失明，身上還留有傷疤，但她知道比起她，這裡還有更多能讓人們看得瞠目結舌的奇人異事。

比如，今天有一本書出版了，書名是《科學怪人：現代的普羅米修斯》。莉琪說普羅米修斯就是希臘神話中，從天神那裡偷火的人。

「這本書是關於希臘的故事嗎？」佩琪問。

「才不是。」莉琪強忍住笑意說：「是關於人太渴望變得聰明。」

瑪麗沒有在書上放上她的名字，她說如果人們知道這本書是由一位年輕女性寫成的，他們會帶著有色眼光加以批評。她最近好不容易和她的父親和好，葛德溫先生雖自稱是一位前衛分子，但他的女兒仍認為他相當老派，她不想再讓他失望了。但已經有一些關於《科學怪人》的初期評論指出這本書「敗壞道德」，這讓菲力斯和莉琪更倍感好奇。他們一起存下十六先令，今天要走去瑪麗在東倫敦的出版社買一本回來。

一吃完早餐的吐司、餵飽動物後，他們便出門踏入寒風中。拜倫價格不菲的大房子，外觀漆成乳白色，坐落在忙碌的梅費爾街上。覆蓋白雪的地面在來來往往的四輪馬車和出租馬車行駛下，早已變成了混濁的汙水。佩琪甩著肩上的辮子蹦蹦跳跳跑在前頭。

「結束後直接回家，可以嗎？」爸爸在街口和他們道別時說，他要為那裡新開幕的起司店打造櫃檯和架子。

「沒問題，爸爸。」莉琪說：「別擔心，我們會沒事的。」

爸爸走遠後，菲力斯稍微鬆了一口氣。

「我有這個榮幸嗎？」他問，一面將莉琪的手挽進臂彎裡。

她一邊笑一邊搖搖晃晃的行屈膝禮，「為什麼不呢？謝謝你，好心的先生。」

菲力斯一行人穿過梅費爾區，走經海德公園，朝著河岸邊走去。這不是最快的路徑，而且通常這裡的薰天臭味足以讓你作嘔反胃，千萬別介意你可能看到河上漂浮了什麼東西。但過去這幾天，霜下了厚厚一層，值得來這裡看看河面是不是完全結冰了。

柯芬園附近的道路狹窄，使得這兒看起來熱鬧非凡、人聲鼎沸，沿街有糕餅鋪、酒店，巷弄的底端有一間間的洗衣店和喊價推銷的旅社。所見之處淨是兜售面霜或樂譜的小販，還有一些正在叫賣剛炸好的魚排。

他們的十六先令在莉琪的口袋裡叮噹作響，為了安全起見，她特地把手蓋在口袋上頭，她的另一隻手則挽著菲力斯的手臂，這讓他感到非常驕傲。

「到河岸還要走多久？」佩琪轉過頭問。

菲力斯指向前方，「就在這條路的底端了，別忘了專心看路啊。」

河岸邊的街道往往是最髒的，人們常隨意傾倒夜壺。今天的石子路面滑溜溜的，踩得鞋子噗吱噗吱。

當他們抵達河岸時，河面完全沒結冰，就和往常一樣，河上熱鬧極了。一艘艘渡輪來回穿梭，貨輪迎著風出海啟航。佩琪失望的噘起下嘴唇。

「我本來希望會看到像冰凍博覽會之類的東西。」她說。

「別沮喪。」莉琪說：「我們繼續走，站在這裡不動太冷了。」

菲力斯喜歡看她的雙頰泛起紅暈，但她說得對，這裡冷得刺骨。他往前靠近細看，發現河流似乎快凍結了，已經有浮冰在碼頭和河岸邊形成。

「如果再這麼冷下去的話，我想不久後河就會結冰了，佩琪。」他表示。

他們沿著河走到聖保羅大教堂，再穿越斯皮塔佛德市場後，走到東倫敦。

「地址是在芬斯伯瑞廣場。」菲力斯說。

他把地址和出版社拉金頓和休斯書店名都抄在一小張紙片上。他的腦海裡浮現一間燈光昏黃的小書店，瑪麗才能在此低調的出版她的作品。但他們在一個熱鬧繁忙的街口找到拉金頓書店，它有四層樓高，搭配精雕細琢的拱形窗戶和寬闊氣派的大門。

「哇！」佩琪說，一邊格外用力的在門墊上蹭鞋子。

那本書擺放在櫃臺邊，比起其他鑲著金邊、皮革裝訂的書本，它看起來特別小又不顯眼，甚至沒有擺上很多本販售。

「年輕人，有什麼我能為你服務的嗎？」頂著一頭白色鬈曲假髮的紳士說道。

「麻煩你，我們想買一本《科學怪人》。」莉琪說。

店員的眼睛閃過一絲興奮的光芒。

「當然，當然！絕對是天才之作！很快的，每個人都會爭相閱讀！」他開始拿紙把書包好。

當菲力斯看著店員用繩子捆好包裹時，心裡想著書店裡竟放著由你認識的人寫成的書，而你在一開始就參與了點子的誕生。然而當莉琪準備要掏錢給店員他們的十六先令時，卻發現她的口袋被動過了。

「我明明有那些銅板。剛走到柯芬園的時候，錢還在。」她哀嚎著。

店員抬起眉毛，著手把包好的書拆開。

「小姐，我很抱歉。」他說：「但沒有錢就不能買。」

菲力斯試著掩飾他的沮喪，他挽起莉琪的手，帶著她朝門口走去。

「太可惜了。」莉琪說，露出一副快落淚的表情。

菲力斯表示同意，「瑪麗一定很希望我們能看看她的書。」

那位店員一定偷聽到了，因為他正朝著他們大喊：「年輕人！你剛剛提到瑪麗？」

「對。」菲力斯轉身說：「瑪麗・雪萊，先前是瑪麗・葛德溫。」現在瑪麗和波西已經正式結婚了。

「算了。」店員的臉一亮，「這樣的話……」

他請他們走回櫃臺。

「雪萊小姐說只有幾個特定的人才知道這本書是她的作品。」店員說，一面把書重新包好，交給莉琪。「所以你是對的，她一定會要你們讀的。不然你怎麼可能會知道？」

回到家後，他們圍在火爐邊坐下。莉琪和佩琪裹上毯子緊靠著對方，身旁還躺著幾隻小狗小貓。那隻亮綠色的鸚鵡和往常一樣，停在莉琪的肩上。菲力斯坐在離窗戶最近的位置，因為他要負責大聲朗讀出書裡的內容。那一天，他一路念到傍晚，隔天再繼續念，故事緊湊得害他捨不得停下。

故事裡有個叫法蘭肯斯坦的科學家，他的名字和那位對狼特別感興趣的女士很相似。另外有個叫菲力斯的年輕人，他的姊姊叫作阿嘉莎，父親失明卻心地善良。其中一位主角是叫伊莉莎白的女孩，小名喚作莉琪。裡頭還有小孩失蹤，甚至有姓莫里茲的僕人。

當菲力斯終於翻到最後一頁時，他了解故事的底蘊遠超過引用他們的名字。故事中有位母親因失去孩子而心痛不已，而有的父親像是莉琪家的爸爸慈愛善良，有的則像瑪麗家的疏離冷漠。

也有很多角色一次又一次以外表論斷他人。

這是他的故事，也是莉琪和瑪麗的，甚至一部分也是史坦小姐的。

這本書也談到野心，談到人們想衝破求知界線，不計代價想成為最頂尖、最優秀、最出名的欲望。最重要的是，這本書也是一個警告，警告我們若沒有愛和善良，我們都將成為怪物。就像是被捕獲的狼一樣，菲力斯永遠也忘不掉牠殺死了一個人，但當牠重獲自由、重新與同伴一起生活時，牠猶如綿羊般溫馴的在雪地上行走。

最後，瑪麗的確說了一個讓人嚇破膽的故事，縱然如此，這終究只是一個故事。菲力斯闔上書本抬起頭，一眼就看見了莉琪和佩琪，為此，他感激自己的好運氣，這讓他如星星般光芒四射。

作者的話

史實的結尾處，正是故事的開端。

歷史告訴我們許多關於《科學怪人》的創作背景。一八一六年被稱為「無夏之年」，當時天氣異常寒冷和潮溼，時常颳起雷暴，起因源於印尼火山劇烈噴發，瀰漫在大氣層裡的塵埃改變了氣候——沒錯，那時的確有天降紅雪的傳聞。

我們知道瑪麗．雪萊在一八一六年六月，和波西．雪萊、詩人拜倫和約翰．波里多利醫生待在帝歐達地別墅，也有紀錄指出雪萊夫妻在歐洲領養了一個小孩，後來計畫卻神祕的失敗了。某天晚上，這群朋友互相挑戰要對方說鬼故事，只有瑪麗想不出任何能寫下的點子。之後的歷史越來越不明確，有些紀錄認為瑪麗在鬼故事大會的隔天想出《科學怪人》的故事雛形，有些說法則指出，此書成書於更晚，而且受到她生命裡的許多事件影響，包括她的母親在生完她後離世。書中也反映當時科學的進步、社會對女性和有色人種的歧視，甚至也包括她拜訪一位叫安德魯．克羅斯的人，他在一間稱作菲尼宅邸的住處進行電力實驗，位置就在薩默塞特郡。

史實的結尾處，正是故事的開端。在我們對瑪麗．雪萊的認識裡，留有許多未知的空白，我非常享受透過想像來填補它們。《科學怪人》裡沒有帝歐達地別墅，沒有彗星，沒有人被閃電擊中——不是直接——我也不認為那本書裡出現過任何一隻狼。

但是我也試著讓我的故事在某些地方呼應瑪麗．雪萊的作品。菲力斯、阿嘉莎、伊莉莎白（莉琪）、瓦頓先生和莫里茲太太都是取自《科學怪人》裡的人名。《奇異的星星》也關於科學的野心，史坦小姐不顧後果，進行電力實驗，就像是雪萊的原著中，維克多．法蘭肯斯坦一樣。在《科學怪人》裡有一個雙眼失明的角色，他不會根據外表而評判人的好壞，許多在《奇異的星星》裡的角色遭到歧視，正是因為他們的長相或是身分。

對我來說，《科學怪人》是偉大的故事，瑪麗．雪萊是深具影響力的女性，我衷心希望閱讀《奇異的星星》能鼓勵你更進一步認識它們。

解說

當想像力馳騁，我們就有了故事。

文／葉綠舒（慈濟大學生命科學系助理教授）

一八一六年，因為前一年印尼坦博拉火山（Mount Tambora）爆發，造成歐洲度過了一個「無夏之年」：異常的低溫與不充足的陽光造成農作物歉收，農民掙扎於飢餓線上。

就在這個夏天，逃家私奔的瑪麗與波西．雪萊，還有瑪麗法律上的妹妹克萊爾．克萊蒙德與約翰．波里多利醫師，受拜倫勳爵的邀請到他位於日內瓦的帝歐達地別墅度假。因為那年夏天寒冷而多雨的天氣，讓這群人經常被困在屋子裡，於是在某一天他們辦了「說鬼故事比賽」……就在這場比賽中，瑪麗說了一個用電流可使死人復活的鬼故事。這個故事在雪萊的鼓勵下發展成為小說，後來在一八一八年出版，就是《科學怪人》。

《科學怪人》出版後頗受好評，甚至出現了許多仿作與續集；此後兩百年，《科學怪人》

也多次改編為戲劇、電影、電視作品，而《科學怪人》也被認為是科幻小說的鼻祖。於是在二〇一八年時，全世界也紛紛慶祝「科幻小說兩百年」。只是，有多少人真的認真看過《科學怪人》的原著呢？

與其說《科學怪人》是本科幻小說，不如說《科學怪人》講的是人道與哲學。野心勃勃的科學家用屍塊創造出生物，再施以電流讓他復活，但只因為該生物長得醜怪恐怖，就將他拋棄，甚至連名字也不願意給他（是的，「法蘭克斯坦」不是他的名字！）。可憐的怪物到處流浪，因為醜陋可怖的外表，到處受人厭棄，最後他找到他的創造者，要求他的創造者再為他造一個女伴，卻也遭到拒絕。最終，怪物毀了他的創造者，自己也不再存在。

雖然作者在一八三一年小說改版時，說明了她創作的靈感來源（有興趣的讀者可參考《科學怪人》），但許多讀者應該還是會驚訝於作者的想像力。或許是因為這樣，於是有了《奇異的星星》這部小說。

在本書裡，作者愛瑪．卡蘿發揮她的想像力，編織出了另一個故事，告訴我們《科學怪人》真正的靈感來源。在這部小說裡，小說《科學怪人》中的野心勃勃的醫生再度復活，依然是為達目的不擇手段，忽視了他人的權利。書中的主角也不是瑪麗．雪萊，而是不遠千里而來的一名小女孩。從小女孩口中娓娓道來的故事，成了瑪麗創作《科學怪人》的靈感來源。

本書充滿了想像力，隨著故事的展開，讀者的心情也隨之跌宕起伏；讓人一捧起書就無法放下，非一口氣看完不可。原書中對怪物是怎麼被創造出來的只有非常簡略的描述，在本書中也補上了細節，滿足了我們的想像力。雖然生活在現代的我們知道，真要以這樣的方法是不可能賦予任何生物生命的；但既然是「科幻」小說，就不要太執著於細節了。

小麥田 故事館

奇異的星星
Strange Star

作　　者　愛瑪・卡蘿（Emma Carroll）
譯　　者　林亭萱
封面設計　蕭旭芳
校　　對　呂佳真

國際版權　吳玲緯
行　　銷　蘇莞婷　吳宇軒　陳欣岑
業　　務　李再星　陳紫晴　陳美燕　葉晉源
副總編輯　巫維珍
編輯總監　劉麗真
總 經 理　陳逸瑛
發 行 人　凃玉雲
出　　版　麥田出版
地址：10483台北市中山區民生東路二段141號5樓
電話：(02)2500-7696
傳真：(02)2500-1967
發　　行　英屬蓋曼群島商家庭傳媒股份有限公司城邦分公司
地址：10483台北市中山區民生東路二段141號11樓
網址：http://www.cite.com.tw
客服專線：(02)2500-7718｜2500-7719
24小時傳真專線：(02)2500-1990｜2500-1991
服務時間：週一至週五09:30-12:00｜13:30-17:00
劃撥帳號：19863813　戶名：書虫股份有限公司
讀者服務信箱：service@readingclub.com.tw
香港發行所　城邦（香港）出版集團有限公司
地址：香港灣仔駱克道193號東超商業中心1樓
電話：+852-2508-6231
傳真：+852-2578-9337
馬新發行所　城邦（馬新）出版集團【Cite(M) Sdn. Bhd. (458372U)】
地址：41-3, Jalan Radin Anum, Bandar Baru Sri Petaling,
57000 Kuala Lumpur, Malaysia.
電話：+6(03) 9056 3833
傳真：+6(03) 9057 6622
讀者服務信箱：services@cite.my
麥田部落格　http://ryefield.pixnet.net
印　　刷　前進科技股份有限公司
初　　版　2021年2月25日
售　　價　340元

ISBN 978-986-344-867-9
Printed in Taiwan.

國家圖書館出版品預行編目資料

奇異的星星／愛瑪・卡蘿（Emma Carroll）著；林亭萱譯. -- 初版. -- 臺北市：麥田出版：英屬蓋曼群島商家庭傳媒股份有限公司城邦分公司發行, 2021.02
　面；　公分. --（小麥田故事館）
譯自：Strange star
ISBN 978-986-344-867-9（平裝）

873.596　　109020765